长篇社会小说

市信访局长

潘灵 ◎ 著

中国青年出版社

（京）新登字083号

图书在版编目（CIP）数据

市信访局长/潘灵著. —北京：中国青年出版社，2009.1
ISBN 978-7-5006-8611-8

Ⅰ.市… Ⅱ.潘… Ⅲ.长篇小说-中国-当代 Ⅳ.I247.5

中国版本图书馆CIP数据核字（2008）第203837号

责任编辑：黄宾堂 金小凤

中国青年出版社 出版 发行
社址：北京东四12条21号 邮政编码：100708
网址：www.cyp.com.cn
编辑部电话：(010) 64034340 营销中心电话：(010) 84039659
三河市君旺印装厂印刷 新华书店经销
＊
660×970 1/16 14印张 3插页 180千字
2009年1月北京第1版 2009年2月河北第2次印刷
印数：10001-15000册 定价：23.00元
本图书如有印装质量问题，请凭购书发票与质检部联系调换
联系电话：(010)84047104

潘 灵

男，1966年7月生于云南巧家，1988年毕业于云南师大教育系。中国作家协会会员，曾在云南人民出版社和云南出版集团工作，2006年至2008年在中共保山市委宣传部挂职体验生活，任副部长。现为《边疆文学》编辑部执行总编辑、编审。

1985年开始文学创作，出版有长篇小说《血恋》《情逝》《红风筝》《香格里拉》《翡暖翠寒》《泥太阳》六部。在《十月》《大家》《钟山》《芙蓉》等刊物发表中短篇小说50余篇，结集出版有中篇小说集《风吹雪》等。

目 录

第 一 章	奇怪的上访人	**001**
第 二 章	群众堵了市委	**006**
第 三 章	事出有因	**013**
第 四 章	两头为难	**021**
第 五 章	市长定了调	**029**
第 六 章	别一根筋	**035**
第 七 章	血写的上访信	**040**
第 八 章	旅途的段子	**045**
第 九 章	自杀猫	**050**
第 十 章	霭霭停云	**055**
第十一章	谁都想有所作为	**060**
第十二章	白猫仙子	**065**
第十三章	童话也残酷	**069**
第十四章	不做沉默羔羊	**075**
第十五章	注定不是对手	**080**
第十六章	不疯也得疯	**085**
第十七章	青涩之果	**091**
第十八章	请客还是示威	**096**
第十九章	无可奈何	**103**
第二十章	书记很生气	**108**

第二十一章	谁来背黑锅	**113**
第二十二章	美人摆的宴	**118**
第二十三章	警察还是家丁	**123**
第二十四章	还得走群众路线	**128**
第二十五章	警察没打人	**133**
第二十六章	伤了心和肝	**140**
第二十七章	被利用的爱	**145**
第二十八章	报复，没有底线	**150**
第二十九章	美丽的说客	**155**
第 三 十 章	信访局长是后卫吗	**160**
第三十一章	爱兰者说	**165**
第三十二章	当所有人成了对手	**171**
第三十三章	不止你一人为难	**176**
第三十四章	不是怀疑，是好奇	**180**
第三十五章	不欢而散	**185**
第三十六章	谁把人当了狗	**191**
第三十七章	不是爱情故事	**196**
第三十八章	寻找骨头	**201**
第三十九章	这才是地狱	**206**
第 四 十 章	说吧，英灵	**211**
第四十一章	信访局长要上访	**217**

第一章　奇怪的上访人

　　现在端坐在兰城市信访局局长李民生面前的是一位上了年纪的老妇人，她的典雅和安静让有多年信访经验的李民生既崇敬又惊讶，甚至还让他有些手足无措。她面无表情的脸仿佛是结了冰，一头梳理得流畅的白发像是被霜侵害过的衰草。她手捧着他刚用纸杯为她倒的一杯热茶，茶杯上腾起的丝丝缕缕蒸气似乎也是典雅和安静的。

　　这显然是一个受过严格家教熏陶同时又受过良好学校教育的女子，她的安详和从容说明她是见过世面的。李民生担任信访局长以来，已经记不清楚自己跟多少上访的老妇人打过交道，只记得她们要么哭天抢地，要么谩骂耍泼，而她绝对是一个例外。在这样的女人面前，李民生突然有了一丝不应有的慌乱。作为男人，他透过她脸上密布的皱纹还是看到了她触目惊心的美。是的，触目惊心！李民生心里固执地认为这是一个用来形容她的美的最恰如其分的词汇。

　　我来上访。她说。

　　李民生点点头。

　　她把装了热茶的纸杯凑到唇边，轻轻抿了一口又说，我不是为我上访，我为我女儿上访。

李民生从她的普通话中听出了上海腔，他说，老人家，我没猜错的话，你是上海人。

李民生的话让老人僵硬的脸上动了一下，但仅是动了一下，又恢复如冰。她说，过去是，但现在是云湖人。

又是云湖！李民生心里不禁一惊，最近一段时间，信访案件都集中指向一个地方，那就是兰城市的云湖。

李民生手里不停地转动着一支铅笔，沉思片刻问，你女儿有何冤屈，为何她不亲自来？

她十年前就疯了。

她说得很平静，像念说明书一样。接着她又补充道，是别人说她疯了。

别人说她疯了？李民生问。

她点点头。

事实上她没疯？李民生又问。

她又点点头。

她睁眼看了一下一脸疑惑的李民生摇了摇头，接着就耷拉下眼皮，目光盯着光滑得空洞的地板砖小声说，过去我以为她是真疯了，现在才知道，她没疯。

李民生脸上的疑惑又深重了些，他问，你现在是怎么知道她没疯的？

老人没有接着回答李民生提的问题，她侧过身子，拉开了放在身子右边的手提包的拉链，从里面拿出了厚厚的一沓纸来。说是一沓，显然有些不太准确，因为那些纸大小不一，颜色不同，厚薄也不一致。有的是半截信笺，有的是包装纸，更多的是烟壳纸。李民生发现，拿着这沓纸的老人的手，像是拿着一份挺吃力的东西一样颤抖不止。

她不看李民生，而是凝视着那沓纸说，就是它们告诉我她没疯的。

李民生惊异地问，这是些什么东西呀？

她说，这是我女儿的上访材料。

她边说边站起身来，双手极庄重地把它递到李民生的手上又补充说，它是我女儿在疯人院托一个好心的医生送给我的。

疯人院？李民生惊讶地问，你女儿现在在疯人院？

她轻轻地点了点头，又轻轻地叹息了一声，接着小声说，她在疯人院都住十个年头了。

她小声的话，却像一个炸雷一样，震疼了李民生的耳膜。在她平静的语气里，李民生听出了一个母亲浓重的无奈和悲伤。李民生想，面前的这位女人，她一定经历了太多的伤心和悲痛，才会在诉说冤屈与不平时如此不动声色，不带任何感情色彩。

老人看了一眼被李民生放在办公桌上的那沓纸。她的这个动作让李民生觉察到了，李民生说，你老放心，我一定会认真看这材料的。

李民生的话让老人有些尴尬，她似乎想分辩她并不是不放心李民生，但她分辩的话终究没说出来，倒是把她原本苍白的一张老脸憋得像一朵衰败的山茶花了。她弯腰提起放在沙发上的手提包，说打扰了，说还要去客车站赶回云湖的班车。

李民生起身相送，也许是这位老妇人出众的气质和良好的修养折服了李民生，他决定亲自把她送下楼去。这样的表现，在信访局局长李民生这儿，还是少有的。

但李民生刚把老人送出门，站在三楼楼道上的他就看见了院子里令他不愉快的一幕。督办科的王小莉公然利用上班时间，去菜市场买菜回来了。王小莉收获颇丰，不仅左手两个塑料袋里撑满了鼓鼓囊囊的蔬菜，而且右手上还提着两条垂死挣扎的大鲤鱼。

就在李民生局长盘算着如何教训王小莉的时候，走在他前面的老妇人突然将提了包的手往上扬，在一阵神经质的尖叫声中，提包就向着楼下院子里的王小莉飞了过去。从天而降的皮包把陶醉在对丰盛午餐遐想中的王小莉吓了个目瞪口呆。李民生看着尖叫的老人疾步朝楼下跑去，她下楼匆忙的步子让李民生既惊诧又提心吊胆，急得他也赶忙往楼下奔。

刚奔下楼的李民生局长，耳朵里塞满了督办科科员王小莉的尖叫声。迎着王小莉的尖叫声李民生局长看到，先前端庄安静的老妇人，现在已经变成了一个胆大包天的劫匪。她正疯狂地抢夺王小莉右手上提着的那两条垂死的鲤鱼。

大概是受了惊吓的缘故，年轻的少妇王小莉竟然不是一个年逾六旬的老妇人的对手，稍做抵抗之后，王小莉那两条垂死的鱼就成了老妇人的战利品。一二三楼的楼道上顿时响起了惊呼声，信访局所有的工作人员都在王小莉的尖叫声的召唤下纷纷跑到楼道上看热闹，是老妇人的敏捷和疯狂让他们忍不住发出了惊叹。

老妇人抢夺了王小莉的鱼，并没有丝毫逃走的意思，而是木桩一样立定了，目光凶恶地盯着两条垂死的鱼看。王小莉在短暂的惊恐后，不甘心就这样丧失了自己在菜市场上花费了二十元钱的收获，便扔掉手上的两个菜袋子欲夺回自己的果实。于是，一老一少的两个妇人就在信访局的院子里厮打开来了。

两个妇人的战斗堪称激烈。欲夺回自己果实的王小莉大义凛然地扑了上去，瞬间就把老妇人扑倒在了地上。但老妇人显然没有被王小莉的反扑吓倒，右手依旧死死地握紧了拴鱼的绳子。这样扭打在一起的后果在李民生局长看来是不可想象的，他决定亲自制止这一老一少两个妇人的厮打。

就在李民生局长跑过去的时候，王小莉的尖叫声再度在院子里响了起来，那尖叫声中充满了疼痛。当李民生局长把王小莉一把从老妇人身上提起来时，赫然见到了王小莉举着的鲜血淋漓的右手。

这老妇人情急之下公然咬了王小莉一口。

这时老妇人也满身灰尘地站了起来，她举着手中的两条鱼冲李民生大叫起来——

它们是魔鬼！

它们是魔鬼！

猫不是妖精！

鱼才是魔鬼！

老妇人大叫一阵后，将鱼扔在地上，又疯狂地抬脚，胡乱地去践踏两条垂死的鱼。她的样子，既残暴又疯狂，像是跟这两条鱼结下了八辈子的冤仇。

王小莉惊叫道，这女人是个疯子！

不准瞎说！李民生厉声制止道。

第二章　群众堵了市委

　　一个风度气质俱佳又有涵养的老妇人，为啥见到两条鱼后就丧失了理智，做出如此疯狂的举动来呢？送走了老妇人的李民生站在信访局大门口，一副大感不解的样子。

　　曾有市里的领导戏言，说李民生是对付女性上访者的高手。李民生自己也认为自己做女性上访者的工作有一套绝活，那就是耐心和微笑，还有就是他那双眼睛。无论那些妇女是撒野、耍泼还是号啕，李民生都会努力睁大他那双单眼皮的小眼睛，全神贯注地盯着上访者的脸，直到她们安静下来。但今天，他扶起老妇人后，却没敢如此全神贯注，他看到了一双惊恐不已的眼睛，那眼睛让他想起了少年时代逮着野兔时野兔的眼睛。

　　他实在搞不明白，这老妇人面对这两条鱼会如此恐惧。

　　带着满腹疑惑，李民生回到他的局长办公室。他在椅子上坐下来，点燃了一支烟。他本来打算好上午下班之前的工作是狠狠地批评一下擅离职守干私活的王小莉的，但眼睛却在这个时候看到了老妇人给他的那沓极不规整的纸片。他拿起纸片，惊讶地发现，那纸片上的字竟然全是用血写成的。

　　这分明是份血书。

　　就在他准备去阅读这些用血写成的文字时，办公桌上的电话却急促地响起来了。他拿起电话,电话里传来的也是急促的声音。

电话是陈书记的秘书小高打来的。李民生实在不明白,向来英明的陈书记,怎么会选中了这么个让人讨厌的秘书。他说话的口气比书记还大,动不动就是训人。他在电话里说,李局长,你们信访局怎么搞的?让上访群众把市委大门都堵了。你还不赶紧赶到市委来!

上访群众要去堵市委的大门,怎么就怪罪到信访局头上了呢?但李民生只是心里这么想,嘴上还是说,高秘书,你别着急,你告诉书记,我马上赶过来。

高秘书鼻子哼了一声说,书记?书记在国外考察哩。

李民生说,书记不在,那孙副书记呢?

高秘书说,孙副书记被上访群众围在人堆里了。

李民生放下话筒,就出了办公室,叫了还没下班的几个信访干部,下楼坐了车就往市委赶。车冲出信访局大门时,李民生带着责备的口气问分管上访信息的现在坐在他身后的赵副局长,怎么搞的,上访群众围堵市委大门,之前我们咋就一点信息都不掌握呢?

赵副局长说,肯定是些上访油子,他们总是会巧妙地避开我们基层的信访员。

坐在赵副局长旁边的小孙接了赵副局长的话说,李局,现在上访群众狡猾得很,他们组织大规模的上访,口风把持得可紧了。

李民生说,我就不信是铁板一块。说白了,还是我们基层的信访员工作马虎,责任心不够强。老刘,你就不会把车开快点?

李民生催促司机老刘的语气充满了焦急,但老刘并没有把车开快的意思。这是下班高峰期,路上都是骑自行车回家的学生和挤公共汽车的上班族。老刘的镇定自若,是他能在信访局开车二十年的法宝,二十年一贯制的不慌不忙,让事情过去领导想起来还是老刘的稳重好。天大的事情,也没有安全大。

市委门口的景象比李民生想象的要壮观许多。上访的农民开了十几辆农用车和卡车,把市委围了个严严实实。里面市委机关下班的干部和车辆出不来,外面,看热闹的路人又把市委门前的马路堵了个水泄不通。匆忙赶来的交警无论是吹哨还是吆喝,都无法疏散那些看热闹的人们。一些着急回家的司机,不停地鸣笛。嘈杂的声音加上混乱的人群,让市委门前的景象更像一锅混沌不堪的粥了。

李民生只得让司机老刘把车停在人群之外的马路边,带了赵副局长和小孙往人群里挤。就在这时,人群中爆出一声惊呼,在惊呼声中,李民生抬头看见,一个上身赤裸的农民爬上了大卡车,继而又爬上了市委大门的横楣,像一个威武的战士一样高高地挺立在大门之上。下面,有人给他递上去了一面红旗,他站在横楣上,将红旗迎风展开。红旗上的几个大字就映入李民生眼帘——

云湖龙潭村农民上访团

李民生边挤边大声说,这不是胡闹吗!

李民生的话刚出口,就听见站在卡车车厢和农用车车厢里的上访群众大嗓门的责问声,谁说我们胡闹了?说我们胡闹的人有本事就站出来!

这时李民生满头大汗挤到了一辆堵在市委正大门的卡车旁,他尽量大声说,话是我说的。我叫李民生,是兰城市委和兰城市人民政府信访局的局长。你们的行为已经严重违反了《信访管理条例》。

李民生边说边爬上车厢去。

准确地说,爬上卡车的李民生是被车厢里的上访群众拽进车厢的。被拽进车厢的李民生还听到了恶狠狠的声音——

这干部欠揍!

在车厢里站定的李民生看着怒目圆睁摩拳擦掌的上访群众,并没有丝毫的慌乱和畏惧。他说,乡亲们,如果你们揍我一顿能消气、能解决问题，我李民生心甘情愿让你们揍一顿。但揍我一顿，解决不了任何问题！我知道你们今天不是来打架的，而是来解决问题的。你们既然叫云湖龙潭村农民上访团，那说明你们是来上访的。在兰城市，我是信访局长，上访是为了反映问题，而不是围堵市委，影响市委机关的正常工作秩序。

李民生的话还没说完，一个有些年纪的上访群众抢白道，市委不就是代表党吗？党领导我们，我们有冤屈不找党，找谁？

李民生说，老同志，你说得好，市委是共产党的市委，是党的一级机关，在兰城市，它就是代表党的。你既然相信党的领导，知道有冤屈有不平找党，这充分证明你这个老同志觉悟不低。我想，你的认识也代表整个上访团的认识。找党没错，但采用这种方式却是大错特错。你看看，你们堵了市委的大门，里面市委机关的干部下班回不了家吃午饭；外面，阻了交通，扰乱了正常的工作和生活秩序，这既不能解决问题，而且还滋生出了新的问题。老同志，你评一评，我说的在不在理？

老头自知理亏，一时语塞。但站在老头身后的一个马脸的年轻人马上接话嚷道，理？这光天化日之下还有理？你要讲理，你跟朱老板讲去。

李民生问，谁是朱老板？

马脸的年轻人说，嗯？你这干部会不认得朱老板？那你八成也是冒牌的干部。那朱老板跟干部是一个鼻孔出气，平日里跟干部穿一条裤子。他伙同干部一起欺负我们庄稼汉，鸡骨头上都想刮二两油。

李民生说，你说了半天，我还是不知道谁是朱老板。

老头回了头去，对马脸的年轻人说，侯贵，你就别跟这干部耍花枪了，我看这干部是诚心想给我们解决问题，你告诉他朱老板是云湖集团的朱老板不就得了。

说云湖集团，李民生当然知道。云湖集团是兰城市最有名的私营企业，也是兰城市云湖开发区的龙头企业。它的实力，就是放到省城去，也能排前几名。它集化工、矿产、房地产开发于一身，是兰城市真正意义的集团化企业。兰城市云湖经济开发区之所以选址在云湖，就是因为云湖集团。如果没有云湖集团，经济开发区就不可能选定离兰城市近百公里的云湖，一定是在距兰城市方圆十五公里内的城郊。市委市政府大小会上经常会提到云湖集团。有一次会议上，市长说，云湖集团的税收，占了兰城市财政的一半。在座的干部，你们口袋里的一百元钱，有五十元是云湖集团给的。像云湖集团这样的企业，我们这些做干部的，要爱护它，要帮助它。爱护它就是爱护自己的饭碗，帮助它就是帮助自己。所以，兰城市流传这样一句笑话，说云湖集团患伤风，市政府一定得感冒。云湖集团的重要性，像李民生这样的市里的中层干部是心知肚明的。云湖集团的朱老板，在李民生的印象里，他不仅是一个富可敌国的大富翁，还是荣誉的象征。评什么省劳模、市劳模，朱老板都是首选，什么五一劳动奖章啥经济人物称号，那都是朱老板的专利，人大代表、政协委员这些的虚衔，那就更不用说了。现在，朱老板咋惹了龙潭村的群众，让他们兴师动众，酿成大规模的群众上访事件？

朱总到底咋啦？李民生皱着眉头问道。

咋啦？马脸的那个叫侯贵的年轻人说，他要霸占我们的龙潭公园搞开发，我们不同意，他们就强行开工，我们前去阻止，他就指挥他的手下打伤了我们的人，还恶人先告状，说我们率先滋事，就勾结公安把我们的人抓到拘留所关起来，你说气不气人？该不该上访？

龙潭公园李民生也是知道的。这龙潭公园，讲名气，不会比云湖集团小，讲影响力，在外界，也不会比朱总小。它是龙潭村村民在八十年代，受惠于邓小平的改革开放政策，富裕起来后，由村上组织，由村民出资、村民设计建造的一个集休闲、娱乐和学习为一体的农民公园，据说还是全国第一个农民公园。是否是全国第一，李民生没有认真考证过。但李民生知道，公园自从建成后，没少吸引媒体的关注，中央的、外省的和本省的媒体都派来了人，在公园里有时记者比逛公园的群众还多。这龙潭公园，自然也就成了兰城市的一个亮点。有人说，兰城市在全国知名度的提升，主要就因为这龙潭公园。后来，就是中央领导同志来到兰城，也要去龙潭公园视察一番。龙潭公园门口，中央领导视察龙潭公园的照片，就用镜框装好挂了长长的一排。

李民生实在搞不清楚，像这么个带着些政治象征意义的公园，这云湖集团的朱总还动啥心思去开发它，而且还惹火了村民？这聪明绝顶的商界精英，咋会干出此等傻事？是胆大包天，还是利欲熏心？但事情容不得李民生去多想，上访群众的情绪有愈演愈烈的趋势，照此下去，不出一刻钟，就会失控。处理过多次大规模群众上访事件的李民生知道了问题的严重。站在卡车车厢里的他看见被包围着的孙副书记，孙副书记额头上晶莹的汗珠在中午的阳光下有些刺眼，个别情绪激动的群众开始对孙副书记推推搡搡。李民生看到，孙副书记也许是说了太多的话，嘴角有白沫，脸上有疲惫。李民生不觉心里一紧，这孙副书记有先天性心脏病，前不久听说因为这病，原本要调边疆的一个州当书记的他，却因此错过了一次做正厅局级干部的机会。

不是李民生大惊小怪，就在他心里发紧的那瞬间，孙副书记像风中的树，左摇晃一下，右摇晃一下，就像电影里烈士牺牲的慢镜头一样瘫了下去。李民生惊呼了一声，孙副书记——

有群众见孙副书记倒在地上，就对众人咆哮道，这干部装死，揍他！

群众中爆出相同的声音，揍他！

那个说孙副书记是装死的群众，一脚踩在了孙副书记的肚子上。

住手！李民生呵斥道。

你是什么人？难道你也想被揍？那脚踩着孙副书记的村民仰了头眯了眼问李民生。

我刚才已经自我介绍过了，我是市信访局长李民生。你要对你的行为负责！你脚踩的是兰城市委的孙副书记，他不是装死，他是犯了心脏病，还不快把你的脚拿开！李民生怒吼道。

在李民生的威慑下，那个村民哆嗦一下，把脚收了回来。这时挤到旁边的信访局赵副局长顺势弯下腰去，一把将孙副书记抱起来，想往人群外挤。这时又有人大喊道，我们别上干部的当，别让他们溜了！

本已闪开了一个缺口的群众，又铁桶一样围住抱着孙副书记的赵副局长。急得赵副局长低声下气对身边的村民央求道，孙副书记真的是犯心脏病了，你们就让开吧，救人要紧哪。

但群众并没有丝毫让开的意思。这下，站在车厢里的李民生更急了。站在市委大门门楣上挥舞旗子的那个村民，这时一只手舞旗，另一只手拿了扩音喇叭火上浇油：别中干部的诡计，别放过他们！

他的大喊大叫彻底激怒了李民生。李民生从车厢里一跃站到了车厢的护栏上，伸手一把将他从门楣上拽到车厢里来，并一把抢过了他手上的扩音喇叭，自顾就爬到大门门楣上了。

李民生像一个得胜的将军一样威风凛凛地站在门楣上，他手握扩音喇叭冲情绪激昂的上访群众大声说道——

乡亲们，问题相当严重！现在昏死过去的是中共兰城市委的孙副书记，他是我们兰城市的高级干部，患有先天性的心脏病。如果他有个三长两短，事情就严重了！你们来找市委，是来解决问题的，不是来闹出人命的。如果你们真是为解决问题来上访的，就请你们让开道，让我们赵副局长送孙副书记去抢救。干部从来没想过要溜。你们不相信，可以把我扣留下来！

群众终于在犹豫一阵后让开了道。赵副局长抱着孙副书记冲出人群，边跑边对站在路边的交警喊——

快叫120！快叫120——

第三章　事出有因

孙副书记因为心脏病发作猝然昏死，让情绪失控的上访村民瞬间平静下来。李民生局长凭着多年的信访经验，知道这是劝说上访村民们的最好机会。

机不可失，时不再来。李民生局长手握扩音喇叭，从大门门楣上跳到一辆农用车的车厢里，随即又爬到车头上去说，乡亲们，我李民生相信你们是来解决问题而不是闹事的，但任何冲动的行为都无助于问题的解决。要解决问题，必须通过正当的途径，而不是采取非法的手段。家有家规，国有国法，上访也要遵守《信访管理条例》。像先前这样乱哄哄的场面，你们的问题给谁说，谁又能听清个子丑寅卯？如果还信任我，我请大家推荐出代表来，我们到信访接待室谈。

这时人群中一个头发如蓬蒿的村民高声问道，我们凭什么相信你？

李民生手拿话筒一个字一个字说，凭我是一个有二十七年党龄的老党员！凭我是共产党和人民政府的信访局长！

听了李民生掷地有声的话，先前说我们有冤屈不找党找谁的老头在车厢里说，听得出来，这李干部还是巴实的，我们大家就听他一回。

老人的话在上访村民中还真有分量,许多村民都鸡啄米似的点了头。李民生向老人投去了感激的目光。

老人颤颤巍巍也爬到车头上来,他站在李民生身边,用农民春播撒麦种的手势说,大家散了吧,大家散吧!

通过与上访村民们磋商,李民生与上访村民达成一致意见。下午两点半,龙潭村派出三名上访代表,由他亲自在信访局接待室接谈。

李民生抬腕看看表,已是中午一点多了,两点半的接谈会,这中午是回不了家了。这个时候,肚子也咕咕地叫唤起来。他看见一个把农用车倒到路边的上访村民,正端坐在驾驶位上啃冷红薯,坐在副驾驶位上的另一个村民,正眼馋地看着被啃了大半的红薯。

李民生对司机老刘说,我们请他们吃顿便饭吧。

老刘听了李民生的话,头就摇得像拨浪鼓一样了。李局,你什么菩萨心肠?使不得,使不得!如果听说上访还管饭,这些刁民们还不天天来上访?

李民生听了老刘的话,脸突然阴沉下来。他板着脸说,老刘,你说啥?刁民?你把他们看作刁民?你想想,前年下乡去龙潭村,你得了急性阑尾炎,是谁冒着倾盆大雨送你去医院的?

这话问到了老刘的要害处。前年老刘被派去龙潭村蹲点,一天晚上在村民家喝多了酒,急性阑尾炎发作,是拐子宋深夜里冒雨把他背到了镇上的医院。医生说,要再晚来一步,阑尾就穿孔了。拐子宋从小患小儿麻痹,身子也单薄,背着体重一百六十多斤的老刘,冒雨跑七八里地,不知是哪来的力气。事后老刘也问起过,拐子宋说,看到你痛成那个样子,心里急呗,这人一着急,力气就来了。

老刘低垂了头,知道自己说错了话。李民生看他那样子,就催促说,你愣着干啥?还不快去请呀!

上访村民们一听说信访局长要请他们吃中午饭,都一脸的惊讶，随即，竟都变得有些不好意思起来。马脸的侯贵不停地摸着后脑勺说，给人家添了那么大的乱子，还吃请，这脸没地方放嘞。

老刘就捅捅他说，我们干部下乡，吃你们的还少？下次我要去龙潭村，你可别心疼你家的大公鸡。你们龙潭村的黄焖鸡，整个兰城都有名。

侯贵说，你这样大的干部要去到我家，别说大公鸡，杀头猪都行！

老刘被侯贵说得有些不好意思，他红了脸说，什么大干部？我是司机。

侯贵说，进了政府家的门，就是政府家的人，司机也是干部。

虽然是马路边简陋的小饭馆，吃的也是一顿简单的便饭，但还是让这些上访的村民感到了温暖。吃完饭后，他们都分别乘农用车卡车回云湖去了，只留下三个上访代表。

在市信访局的接待室里，这三个来自龙潭村的上访代表，拘谨地坐在宽敞的接待室里，显得浑身不自在。他们畏惧这种正式的场面，话也说得不甚连贯。一个说不好，另一个就插嘴，第三个又要补充，说着说着，三个上访代表都红了脸，争吵了起来。李民生见状，赶忙制止，让他们三个各喝一杯热茶又给每人传了一支烟，让他们一个一个讲。

李民生指了指那个叫杨贵富的上访代表说，你们仨数你年纪大，你先说。

杨贵富说，我心里日气，凭什么好东西都要被你们城里人占？树上结了桃，大个的要挑了卖城里……

马脸的侯贵听杨贵富的话离题万里，就抢白说，杨叔，你也扯得太远了，什么桃呀李的？我们是要反映龙潭公园的事。

杨贵富见侯贵插他的话，就侧身白一眼侯贵说，侯贵，我咋扯远了？人家干部让我先说，你逞啥能？打断起老子的话来了。我就要说那些城里人，说城里人咋啦？城里人是老虎屁股，硬是摸不得？我们村头那棵大榕树，年龄比你爷爷怕还要大两倍，城里人建什么盛世豪庭，硬是串通了村干部花几千块钱挖走了。树挖走了也就罢了，你看段家的翠翠，长得腰是腰，腿是腿的，一个比画中还好看的大美人，也硬被城里人勾去，在歌厅陪人唱歌，在酒店让人糟蹋，现在回龙潭村了，被弄得人不人，鬼不鬼的，还得了什么爱死病。

不是爱死病，是艾滋病。杨叔，你真的扯得太远了。戴了副眼镜、年纪也最轻的上访代表马小涛说。

是啦，是啦，我扯远了，我不述想说了，你们给干部说！杨贵富一副气呼呼的样子，抱了手，背靠了条形木，耷拉了眼皮，就真的不吭气了。

马小涛说，杨叔，你扯远了，真的扯远了，这关什么城里人的事？我们今天来，是要向李局长反映云湖集团强占我们龙潭公园的事。我们仨今天可是代表，代表全村三千多乡亲的利益上访的，不是为了出个人心中的怨气。

李民生又从口袋里掏出烟，递给杨贵富，气头上的杨贵富装做没看见，依旧像赌气的小孩一样抱了手不接。李民生自顾把烟点上，深深吸了一口说，马小涛，你来讲吧。

这马小涛不愧是念过些书的，一张口就切入了正题。事情比李民生先前想象的要简单许多。通过马小涛的陈述，李民生对云湖集团与龙潭村纠纷的来龙去脉有了大体了解。

云湖集团想开发一个度假山庄，看中了龙潭村依山傍水的龙潭公园，决定出资五百万元买下龙潭公园的土地使用权。他们派了集团房地产开发公司的一个副总，去龙潭村洽谈，没想遭到了村民们一致反对。村民反对的理由有三：一是龙潭公园是龙潭村的一块招牌，一个象征，是龙潭村人的骄傲，出再多的钱也不能卖。二是龙潭公园自从建成后，成了龙潭村人娱乐休闲的胜地，特别是上了年纪的老人，龙潭公园是他们唱戏搓麻将打牌的好去处，是他们度晚年的最佳场所。向来讲孝道的龙潭村，当然不会为了几个钱让老人们少了打发光阴的地方。三是龙潭公园是龙潭村品质优良也是最重要的水源地。龙潭公园后面的卧龙山草木丰茂，成片的森林遮天蔽日，很好地保持了水土，让龙潭水既清凉又甘甜。这龙潭，是龙潭村村人祖祖辈辈保护的结果。一九五八年大炼钢铁，县里要砍卧龙山上的树炼钢，硬是被龙潭村人提锹弄棒把前来砍树的人逼了回去。在龙潭村人看来，这龙潭水是龙的液，是命脉，谁会把命脉卖掉？

但龙潭公园却被卖掉了，而且是在村民们不知情的情况下卖掉的。云湖集团的推土机，轰隆隆地惊醒了村民。起先，村民们以为是村干部作的孽，就蜂拥去找村干部。村主任一脸委屈说，我咋敢卖？是镇里决定的。村民们去找镇政府，镇长说，你们别怪罪我，还不是开发区硬压下来的！我胳膊扭不过大腿，你们找开发区去。村民们找到开发区管委会，管委会出来一个趾高气扬的副主任。那副主任说，你们这样杀气腾腾的，要造反不成？实话告诉你们吧，你们龙潭公园早就纳入了开发区的开发用地。我们是依法开发，你们就是找市委、省委，也是这个理。

副主任的话说得龙潭村人的脖子都梗了，有人气不过，就带头套用电影《洪湖赤卫队》的旋律唱开了——

开发区，丧天良，霸占水源，强占民房……

那副主任并没被歌声和民怨吓倒，他公然站在台阶上，打起了拍子。

副主任的举动激怒了龙潭村的几个好冲动的年轻人，他们凑在一起咬了会儿耳朵，齐喊一声揍这狗娘养的，就扑了上去。

这一动手，问题就严重了。赶到打架现场的警察鸣枪示警。枪声的威慑力真强，等龙潭村村民在枪声的惊吓中清醒过来，那几个打架的年轻人已经被警察铐了双手推进了警车……

看着村里的村民被警察抓走，龙潭村村民的情绪就像冲出堤坝的洪水一样失了控。他们迅速组织起来，提刀弄斧要去砸开发区公安局。村民们走到村口时，却被年逾八旬的过去的老村长曾老太爷给拦住了。

曾老太爷披着衣站在村口面对众人问，你们这刀啊斧的想干啥？

人群中爆出一声回答，砸掉开发区公安局，救我们的亲人！

曾老太爷说，砸公安局，还要不要王法？

有人问，老村长，那你说咋办？

曾老太爷说，咋办？这是共产党的天下，我自从解放后当村长那天开始，就信一个理，胸有不平事，找党去！

又有人说，找党？你老人家不就是党员？

曾老太爷说，我说的不是党员个人，我说的是党组织，管得下开发区的党组织。

人群中就议论开来，哪一级党组织管得了开发区？

答案马上就在村民中得出：市委。

于是就成立了云湖龙潭村农民上访团，于是就有了围堵市委大门的上访事件。

李民生从上访村民代表的话中理清了头绪，心里想这并不是一个什么复杂的纠纷，对迅速解决它很有信心和把握。他对三个上访村民代表说，你们反映的问题我会迅速向市委、市政府和相关职能部门的领导汇报，会给你们一个满意的解决结果的。像这样的纠纷，犯不着如此兴师动众，通过正常途径就能解决嘛。你们作为上访村民代表，今后别啥事都采用吆五喝六的方式，人多势众不一定就能解决问题，很多时候，只会把问题搞得更糟。我希望你们回到村里，做一下村民们的工作，杜绝今后再发生这样群体性的上访事件。

李民生的话说得三个村民代表是又欢喜又不好意思。他们冲李民生一个劲地点头，动作显得机械而可笑，但却是真诚的。他们欢喜的是，李民生已经给了他们一颗解决纠纷的定心丸，有人为他们做主了。不好意思的是毕竟做出了过激的举动。马脸侯贵挠了挠后脑勺说,先前在市委大门口我冲你说的那些话,你可别往心里去。

侯贵的话让李民生笑了,他说,当信访局长,什么话都往心里去,早像一个充足了气的气球炸啦。侯贵,我有一个想法,你们为何不与云湖集团联合开发龙潭公园呢?你们出土地,他们出资金,互利互惠,共同享受成果多好啊!

话,李民生本是对着侯贵说的,但三个上访村民代表却都冲他又是摆手又是摇头,还一个劲地说使不得,使不得。

这倒让李民生有些不解了。李民生说,我有些搞不明白,为啥使不得?龙潭公园建成于上世纪八十年代,迄今二十年有余了,公园的设施严重老化,设计在今天看来也不甚合理。重新打造一个高品质的农民公园,有什么不好的呢?

马小涛推了推眼镜说,好是好,但那公园就不是农民的了。

这话让李民生更迷糊了。李民生说,马小涛,怎么不是农民的了?你看上去算是村里的知识分子,不会不知道什么是股份制吧。你们跟云湖集团合作开发,可以专门就开发龙潭公园项目成立一个股份制公司。你们村拥有股份,咋不是你们的呢?

马小涛冲李民生无奈地笑了笑摇头说,股份制我懂。李局长,你的话从理论上讲没错,但实际中又是怎样呢?就在我们云湖,澡塘村你肯定听说过。澡塘村之所以叫澡塘村,是村里有股能治病解乏的温泉。每年秋收后,澡塘村的乡亲就会背了粮食、蔬菜往温泉聚集。在整个温泉山谷里,用稻草和木头搭一些简易的蘑菇房。那场面壮观得很嘞,他们在山谷中尽情享受温泉,让温泉泡去农忙季节留给他们的困乏。一些人的皮肤病泡好了,一些人的风湿泡没了。这温泉能解乏又能医病,名声就大起来。这名声大了,开发商也就来了。蓝图往村干部面前一铺,设想往村干部耳朵里一灌,温泉就被开发了。第二年秋天,等村民们背着大包小包往山谷里聚集时,他们被一堵围墙隔在了温泉外。守门的保安告诉他们,想洗澡吗?请买门票,一百六十八元一位。李局长,那年秋天,是澡塘村人最难受的秋天,不仅身上难受,心里更难受。一百六十八元泡个澡,我们这农老二,敢如此奢侈?

李民生点点头感慨道,这确实是个问题,这原来是农民祖祖辈辈拥有的资源,一开发,咋就不是他们自己的了呢?

马小涛听李民生这么说,又推了推眼镜说,李局长,云湖集团真的开发了龙潭公园,那么龙潭公园于龙潭村,就像温泉于澡塘村了。我听人说,云湖集团打造的不是公园,是高档度假山庄,光门票就要二百八十元一张。我们现在的龙潭公园,门票三元钱一张,而且年逾六十的老人一律免费。云湖集团,它能给老人们免票吗?他们说不定还要竖块"衣冠不整者不得入内"的牌子嘞。

马脸的侯贵接话道,云湖集团开发龙潭公园,龙潭就成了我们龙潭村人的天上瑶池了。

李民生问,此话怎讲?

这时,好长时间一声不吭的杨贵富蹦出一句话来——

怎讲?可望不可即呗!

第四章　两头为难

送走了龙潭村的上访村民代表，时间已是下午六点，李民生回到自己的办公室，坐在椅子上就连打了三个呵欠。他感到有些乏了，那种无边无际的乏，比劳累让人难受多了。妻子在这时打来电话，问他回不回家吃晚饭。他拿起话筒，又打了个呵欠，有气无力地说，回吧。

话筒放下，李民生眼皮一耷，就在椅子上睡着了。睡梦中出现了云湖澡塘村热气腾腾的温泉，自己正泡在澡堂里，浑身酥软如烂泥。泡温泉的感觉还没体会够，梦的翅膀就驮着他从澡堂里飞升起来，凤凰一样地落到了龙潭公园的大青树上。树冠下，清清亮亮的龙潭水安静无波，像块纤尘不染的镜子。李民生看着下面，从镜子里才知道自己的腋下长出了翅膀……

美梦是被电话铃声吵醒的。睡眼惺忪的李民生醒过来，才明白是南柯一梦，手条件反射地去抢话筒。话筒里是妻子的声音，李民生，你这个骗子，你不回来吃饭你直说，咋说回？我告诉你，我可不是你的泔水桶，那些剩菜剩饭你自己看着办！你心中还有没有家？或是办公室就是你的家？有能耐把床也搬办公室去！

李民生像一个做了错事的小学生挨班主任的训一样，垂了头，一声不吭，老实巴交地手握话筒听着妻子的数落和斥责。在迎接妻子的数落和斥责方面，李民生就像做他的信访工作一样既有经验又有心得。李民生知道，对付妻子的数落和斥责，只有一个招儿，那就是一声不吭。沉默是金，沉默是安定，沉默才有和谐，沉默才不会河东狮吼。

一个人老不还口，既不辩解也不认错，斥责者就兴趣大失。妻子就是这样，发泄了心中的不满，也就挂了电话。挂电话意味着语言的战争暂时结束，李民生脸上泛起胜利者的小小的得意。他轻轻地放下电话，才知道对付完妻子，该对付肚子了。

李民生锁了办公室的门，站在走廊上，发现黄昏是如此美丽，大片大片的火烧云仿佛要点燃整个天空。而火烧云下的兰城市，却在亮丽之下显得越发黯淡和缄默。李民生看着那些火烧云想，这就是辉煌吗？如果是，那辉煌后面，是无边际的漫漫黑夜。那些急功近利的人，那些渴望大红大紫的人，那些声名显赫的人，真该独坐黄昏，黄昏一定会给他们太多的启示。

但饥饿的人却没有工夫留恋黄昏，李民生只是站了会儿，准确地说是愣了一下，就匆匆下楼了。出了信访局的大门，李民生就一侧身直奔信访局左面的那家焖肉米线店。

大概是过了吃饭时间，米线店显得有些冷清和落寞。站在米线店门口的穿蓝色碎花衣服的服务员，对李民生的到来表现得相当亲切，像是对老朋友一样招呼说，又来了呀？李民生点点头，问候让他心里有丝温暖。进到店里，只见一个顾客正埋头稀里哗啦地吃着香味浓郁的过桥米线。

李民生一眼就认出了这是市长的秘书小彭，就主动打招呼道，彭秘书，你也来吃米线呀？

彭秘书抬起头来，见是信访局长，就打趣说，李局长，你现在还没弄饱肚子，八成是被嫂子撵出家门了。老实交代，你干什么坏事了？

李民生在彭秘书对面坐了下来说，干坏事？干坏事还得有身体。我们这四十好几的中年人，想干坏事也是心有余而力不足，不像你们年轻人，枪响火就着的。不开玩笑了，说点正事，市长这几天在家不？

彭秘书点点头说，在，但后天市长要去省里开人大的会。

李民生说，那我明天一早来找市长。彭秘书，你可得安排我朝前一点，上次我可在你办公室候了一个半小时。

彭秘书说，李局长，你别不识好歹，我对信访局长，向来是最关照的。你等一个半小时叫苦不迭，人家有些局长，等一个早上还轮不上汇报嘞。

服务员端来了米线，彭秘书看了一眼李局长的米线说，我总觉得大鱼大肉赶不上这碗焖肉米线，说营养有营养，说味道有味道，还节省时间。

彭秘书的话把李民生说笑了。李民生说，彭秘书，你跟着市长大鱼大肉吃多了，腻歪了。我们信访局跟大鱼大肉不是亲戚，一年难见几面，说味道，也就是这焖肉米线了。一句话，这米线够味。

彭秘书说，李局长，你慢慢品尝好了，我不陪你了，我还得赶回办公室写材料。秘书这工作，今后，我八辈子不准我后辈儿孙做了。

看着彭秘书疲惫而无奈的身影，李民生心里感叹道，看来这干哪行的都不容易。李民生吃完米线，又匆忙赶回办公室，去准备明天一早给市长的汇报材料，他想尽早尽快地解决龙潭公园的开发纠纷问题。这一忙就忙到了深夜，要不是看门的郑大爷上楼来催促他要关门，他还不知道时间已经是深夜快十二点了。

李民生收拾好材料，把它们装进文件袋里，又拨了司机老刘的电话。电话里传来老刘不耐烦的声音，说，都几点了，还要不要给人睡觉？李民生说，老刘，我是李民生。老刘一听是局长，声音不敢再不耐烦，说，局长，你还在办公室呀？要不要我来接你？李民生说，深更半夜的，你梦你的周公吧，我自己打的回家。明天一早你来我家接我，我要去市政府给市长汇报工作。

李民生出了信访局大门，打了辆出租。司机看他一脸的疲惫，就开玩笑说，看你像个干部，咋弄得皮塌嘴歪的？李民生说，你以为当干部容易？肩上担有责任嘞！司机一听，感慨道，我们的干部要都像你，我们上点税也值了。李民生说，你别给我戴高帽，我看你对干部有偏见嘞。司机说，不是偏见，是亲眼见，我开出租，夜里拉过的干部多了，不是酒气熏天，就是夜总会带小姐开房间。李民生说，怎么作风不好的干部都被你碰上了？司机说，你呀，不是我说你，你这干部也当得太死心眼了，我们熬更守夜，是挣钱装自己腰包，你熬更守夜，为啥？李民生笑了说，不为啥，就为对得起你们这些纳税人吧。

　　司机轰了一下油门，车开得比先前快了些。他用手拍了一下方向盘说，我夜里拉出租，就今晚听了几句暖心窝子的话。干部同志，遇见你，我们这些卖命苦力的，今后也心里顺一点，要不，想起公家人来，我这心里就堵得慌。

　　这唠着唠着李民生就到了住的小区。守门的保安说，李局长，小区的人咋就数你回来晚？李民生忙着给司机付车钱，没来得及回他的话，反倒让司机接上话了。司机说，干部回家晚，政府就有希望了，兄弟。

　　李民生走在小区的林阴道上，心里突然忐忑不安起来，他知道又要遭妻子数落了，心里一个劲地想着过关的对策，就这样上到了四楼的门口。

　　李民生从裤兜里摸出钥匙串，轻车熟路去开门。钥匙进了锁孔，却打不开锁。李民生嘀咕道，这向来都不弄错的钥匙，怪事了，咋就今晚弄错了呢？于是就只好把钥匙拔出来，凑到眼前看，心里不禁又嘀咕道，怪事了，钥匙没错，咋就打不开锁呢？

　　李民生站着发了阵呆，心里才明白过来，房门被妻子反锁上了。

　　李民生就低三下四小声喊，耿莲，开门。耿莲，别耍孩子气了，快把门打开。

妻子耿莲好像睡死了,任凭李民生如何央求,屋里一点动静也没有。这样折腾一阵后,李民生再也耐不住性子,在门上重重拍了两巴掌,嗓门提高了说,耿莲,快把门打开,否则我踢门啦!

屋子里照样是一片寂静。李民生想,这耿莲看来是没开门的意思了。这样一想心里的火就蹿到头上来了,怒火中烧的他抬起腿,重重地在门上踹了两脚。

这两脚踹得够狠,踹门声就像炸雷一样在楼道中回荡开来。响声没唤来耿莲,却唤出了隔壁邻居。睡眼蒙眬的邻居何小平一边揉着眼睛一边开了门,见是李民生,就打个呵欠问,哦,原来是李局长,跟嫂夫人斗气了?

李民生一脸尴尬,勉强挤出个充满歉意的笑容道,小平,不好意思,打扰你休息了。

何小平又打了个呵欠说,不在意的,不在意的。李局长,女人都有点小性子,你给嫂夫人多赔几个不是,说几句好话,就没事了。我们大丈夫,能屈能伸是策略嘛。

李民生垂头丧气地冲何小平摊摊手说,我今晚加了一下班,她把我关屋外,我怎么给她赔不是,怎么给她说好话?

听李民生这么说,何小平的脸上就多了些爱莫能助了。他说,李局长,这我也想不出招来了。

何小平说着又打了个长长的呵欠,就自顾关门去睡了。无可奈何的李民生,从口袋里掏出香烟,抽一支叼在嘴上,手又在口袋里摸索打火机。偏偏这时候,打火机忘在了办公桌上。李民生只好把叼在嘴上的烟一把抓了扔在地上,用脚踩成烟末子了。

李民生在楼道上站了一会儿,准备离开,去小区附近的小旅馆开个房间凑合一晚上。就在这时,家中的房门开了。面无表情的耿莲一身酒气站在门口。耿莲公然一个人独自酗酒,这是李民生没有想到的。李民生说,耿莲,你过分了,你太过分了!

耿莲没有回嘴,木头一样站着。李民生从她身边挤进门后,反手关了门。李民生厉声说,耿莲,你真的太过分了!我有公事不能回家,让你一个人孤单在家里,我心里也过意不去。但我不是没有办法吗?市长后天要去省城开人大会,只有明早有时间,这云湖龙潭村的村民,群体上访把市委的大门都堵了,不尽快解决纠纷,后患无穷啊!我要向市长汇报,就得写材料,这是没法子的事嘛。我做信访局长又不是才一天两天,信访工作你又不是不知道,早一天能解决的事,晚一天就可能酿下大祸,你咋就不明白呢?

耿莲被李民生这一说,终于开了口,虽然她满嘴酒气,思维却一点也不混乱,话说得头头是道。耿莲说,李民生,你听好了,我什么时候因为你的工作跟你赌上气了?自从你当上信访局长那天,我就对自己说,别跟信访工作争,你的工作第一,家、我、娇娇都是其次的。但李民生,你可以因为工作忽视我、冷落我,但你不能忽视娇娇、冷落娇娇吧。你手摸良心想想,娇娇都十六岁了,你管过她的生活,还是管过她的学习?你别张口闭口给我说工作忙,你忙,比总书记忙,比国务院总理忙?我知道你是一个市的信访局长,做的事是为政府为百姓分忧解愁,是大事、是好事。但你别忘了,你还是一个父亲,一个处于青春期十六岁女儿的父亲!

耿莲的话让李民生心里一惊,他问耿莲,娇娇怎么了?耿莲,你告诉我娇娇怎么啦?

耿莲走到茶几前,将一个带锁却未锁的笔记本拿起来说,这是娇娇的日记本,你自己看吧。

李民生没想到耿莲会翻女儿娇娇的日记本,正色道,耿莲,你作为一个母亲,怎么可以随便翻女儿的日记?这是她个人的秘密,我们做父母的,要学会尊重自己的孩子。

秘密?尊重?李民生,你别给我讲这样的大道理好不好?再秘密下去,再尊重下去,你女儿要出大事了!说真的,要不是娇娇那粗心大意的毛病,住校的她周末回来,也不会把日记本忘在家里,而且还忘了上锁。我收拾她房间的时候,出于好奇,我打开了日记。我的天哪,你知道女儿干了什么?她居然背着我们,跟比她高一年级的强强谈恋爱了,还接了吻。你知道你女儿怎么厚颜无耻在日记里写的?那吻啊,多么甜蜜,那吻啊,是那么长,长得像一万年!李民生,十六岁的孩子早恋,会是个什么后果?这不是让人操碎心吗?耿莲说着说着,眼泪就像断线的珠子了。

李民生听耿莲说娇娇早恋,也深感问题严重。但他知道,这个时候不能表现出任何一丝着急与慌乱,那样会更进一步加重妻子耿莲的心理负担。于是,李民生故作镇定地说,耿莲,你也别大惊小怪的!早恋固然不好,但早恋的孩子也不都是洪水猛兽。娇娇人长得漂亮,自然要招惹那些情窦初开的男同学。只要我们耐心地加以引导,多做一些说明工作,让她认识早恋跟学习是一对矛盾,培养她成熟而正确的恋爱观,我认为是可以让她刹住早恋这车的。

耿莲说,李民生,这些大道理我知道。但是你知道吗,你的女儿是跟谁谈恋爱?我怕是个阴谋,是个陷阱。

李民生说,耿莲,你也太神经质了,情窦初开的孩子谈谈恋爱,能有啥阴谋和陷阱?你刚才不是说娇娇是跟一个比她高一年级的叫强强的男同学谈恋爱吗?

那你知道强强是谁家的孩子?耿莲问。

李民生说,不知道。接着李民生又问,你知道强强是谁家的孩子?

耿莲嗓子里哼了一声说,我当然知道,他是你老冤家王明礼的儿子。

李民生问,那个当公安的王明礼吗?

耿莲说,难道你还有第二个叫王明礼的老冤家?

李民生笑了说,这世间事也真有意思,老子明明是冤家,独生儿女却偏偏争了去做亲家。冤家宜解不宜结,这么说来,要不是早恋,倒还是件好事。

耿莲伸手在李民生头上重重戳了一下说,好事?好你个头哟!

你以为所有的人都像你这样与人为善？你忘了你刚当信访局长时处理的第一桩信访案子，就是王明礼刑讯逼供、屈打成招的案子？王明礼当时是市公安局刑警大队的副大队长，为这事丢了乌纱，王明礼不是到处宣称要报复你？还说什么君子报仇十年不晚。我担心他是利用他儿子做武器嘞。

李民生听妻子这样一点拨，也有些担心，但他还是对耿莲说，王明礼再卑鄙，也不会想这种办法。这样做，不是既害了娇娇，也害了他家强强了吗？

耿莲说，王明礼这样的人，我总觉得他是既残忍又下流，什么卑鄙无耻的事都可能干出来。

李民生知道，王明礼恨他，一直在寻机报复。但他还是不相信王明礼动心思会动到儿子的情感上。他对耿莲说，耿莲，别胡思乱想了，夜深了，还是早点睡吧。

夫妻俩上床，一夜过后，谁也没睡踏实。

第五章　市长定了调

一早，李民生就赶往市政府，去给市长作汇报。但让李民生没有想到的是，市长在听了他的汇报后却说，李局长，云湖集团开发龙潭公园我是点过头的。

李民生没想到平日里做事谨小慎微的市长，会如此草率地同意开发龙潭公园。李民生说，市长，龙潭公园的开发问题，市里怕得重新研究。

李民生这话说得有些让市长不高兴了。市长一脸不耐烦地说，李局长，几个刁民在市委门口闹闹事，就把你吓着了？

市长把上访的群众称为刁民，让李民生听了心里也不高兴。李民生说，市长，他们不是刁民，只是反映问题采取了错误的方式。

市长喝了一口茶说，李局长，作为信访局长，我不反对你站在上访者立场上说话。但是，开发是市政府最近几年的头等大事，可以这么说，兰城市的开发，是中国西部开发的有机组成部分，而龙潭公园的开发，是兰城市整体开发中的一个具体项目。我想这样说你该明白了，那就是龙潭公园的开发是大局。你这个信访局长，要有大局意识。

李民生对市长的话不甚明白，他甚至认为市长的这个推理犯了逻辑错误。他说，市长，这可是一个赫赫有名的农民公园，上过大报小报的。

农民公园咋啦？市长边问边站了起来，农民公园是老虎屁股，硬是碰不得？一个建成于上世纪八十年代的公园，设施陈旧，规划又极端不科学不合理，硬是让它占着茅厕不拉屎？

李民生说，我并不是反对开发龙潭公园，但我认为，云湖集团在开发龙潭公园时，没有考虑到龙潭村村民的利益，没做好村民们的工作。

市长皱着眉头盯着李民生说，李局长，你说话要负责，别瞎说。云湖集团咋没考虑龙潭村村民的利益？云湖集团开发龙潭公园，也是有代价的，光土地转让费一项，就是五百万元。

李民生也不示弱，他说，市长，我知道云湖集团是花了五百万元的转让费，但那是它自己开出的条件，龙潭村村民并不同意这个价格。市长，我且不说村民们在精神上和心理上对龙潭公园的那份依恋，单就土地转让费这一项，云湖集团以区区五百万购买龙潭公园，怕太廉价了些吧？

李民生这话让市长更加不高兴了，市长说，咋廉价了？这龙潭公园加上附近一些山地，也就三十来亩地，每亩地的转让价已经超过了十五万元，还叫廉价？李局长，那是一百多公里外的云湖的龙潭村，不是兰城市的城区，你搞错没有？我倒是觉得，现在的兰城市，有些干部，平白无故，就是跟云湖集团过不去，像是上辈子结下了冤仇似的。

市长话里的所指李民生是知道的，但李民生不想跟市长理论对云湖集团的态度问题。作为下级，他得给市长留点面子。李民生虽然听了市长这含沙射影的话有些恼火，但他尽量克制了自己，不让这恼火泛到脸上来。他尽量心平气和地说，市长，你说的十五万一亩的转让费，在云湖是不算低，但放到具体的龙潭公园来说，那就低了。

市长重新坐回椅子上手一摊说，李局长，你把低的依据拿出来。

李民生打开身边的公文包，拿出一份材料来递到市长手里说，市长，这是云湖龙潭村上访村民代表给我的去年龙潭公园的收支账本。去年，这公园仅门票收入一项就赢利三十八万元。依据这一点，我们按土地承包五十年一个周期算，这龙潭公园五十年可赢利一千九百万元。市长，村民们是愿意要这一千九百万元呢还是云湖集团的五百万元？

李民生的话让市长一时语塞，他脸上有些难堪。但他马上就镇定住了。市长说，李局长，账不能这么算。你应该算云湖集团开发了龙潭公园能创造多少效益，难道五十年才一千九百万？

李民生苦笑了一下，他甚至在心里认为市长在偷换概念。他说，市长，云湖集团开发龙潭公园，创造的经济效益我相信肯定五十年不止这一千九百万，甚至会是一亿九，或者十亿九。但是，再大的效益也不是牺牲农民的理由。

李民生话音未落，市长就吹眉瞪眼拍了桌子。市长拍桌子的声音吓了李民生一跳，还没等李民生缓过神来，市长就咆哮开来了——

牺牲农民？谁牺牲农民了？李民生，你什么时候学会给领导扣帽子了？

这下李民生也来劲了，他腾地站起来说，市长，在我看来，云湖集团就是在牺牲农民利益！

看李民生冲动起来，市长的火气就小了些。他叹了一口气，又看着李民生摇了摇头，用手示意李民生坐下来。他清了清嗓子说，民生啊，你别冲动，你个人对云湖集团可以有偏见，但作为一个兰城市的公务员、国家干部，就不应该有偏见。我不知道你设想过没有，没有云湖集团的兰城市会是什么样子？

李民生说，市长，我知道你说过，我们口袋里有一百元的工资，五十元是云湖集团发的。

市长摇了摇头说，你说的是老黄历了，现在是你口袋里的一百元钱，有六十七元五角八分是来自于云湖集团的税收。民生啊，像这样的企业，政府要不要爱护，要不要支持？你想想，它都几乎成了兰城市公务员的衣食父母了！

李民生也感慨说，这云湖集团发展也真够快的，都快成兰城市的经济支柱了。

市长说，不是快成，已经早就是了！没有云湖集团的兰城市，我想都不敢想。我这做市长的，只要云湖集团运转正常，我就能睡好安稳觉。但最近针对云湖集团的意见是越来越多，民生啊，我们可不能也钻进仇富的心理套子里去。

现在市长不称李民生为李局长，而是左一个民生右一个民生地叫，让李民生听出了一丝亲近。但认识上的大相径庭还是让他觉得跟市长有距离。他实在不明白，为啥对云湖集团有意见就是仇富呢？

但李民生心里清楚，这不是争论的时候，而且，上下级之间，别说争论，就是平等对话也很难。这方面，许多干部早学聪明了，他们早就认为，领导的认识就是我们的认识，领导的意图就是我们的意图。但李民生学不来，所以常常会被领导认为是刺头。

但李民生今天不想做刺头，他看着市长说，市长，那龙潭村村民的上访问题，如何来解决？

市长说，上访的问题当然要解决。我认为主要是做通他们的思想工作，要他们顾大局。反正就一个原则，无论如何，都要保证云湖集团开发龙潭公园的工作顺利进行，这是大局，处理问题时，切记别忘了这个大局。

李民生摇了摇头说，我们站在云湖集团一边，咋去做龙潭村村民的工作？

市长说，谁让你站在云湖集团一边了？

李民生心里有些委屈，他想，保证云湖集团开发龙潭公园，这就是云湖集团的目的，政府官员仅为这目的去做村民的工作，不是站在云湖集团一边是什么？

李民生说，市长，我实在不明白，为什么就一定要开发龙潭公园？

市长说，又绕回去了不是？为啥开发，我先前不是讲了吗？

李民生说，市长，我的意思是，能不能给农民留一个他们自己的公园？

市长又有些不高兴了，他说，别把农民当做大规模杀伤性武器，动不动就拿来威胁人。在开发的问题上，我们必须阔步向前，谁拖后腿都不行！别把自己的认识降得跟农民一样。我承认农民优点多多，但我想农民也得承认他们致命的弱点，那就是落后保守！我提议，你联系国土资源局、招商局、旅游局等单位，一起组织一个调查组，去龙潭村进行深入调查，把群众的问题都集中起来，然后再有的放矢地做工作。

李民生想，这定了调的曲子，难弹了！但难弹也得弹。他说，市长，调查组就不进驻云湖集团了？

市长说，就别打扰人家了。民生，我提醒你，别盯住云湖集团不放。死心眼的教训，你们老局长够多的了，你难道没从他那里总结出点经验来？

跟市长的谈话因为分歧不欢而散。李民生从市政府大楼走出来，楼外晴空下的阳光像针刺一样扎了他眼睛，让他的脑子杂乱如麻。回到车上后，老刘问，李局，去哪里？

李民生没有回答，他在车上闭上眼眯糊了一会儿，问老刘道，老刘，你咋看老局长？

老刘这人精明着哩，要不，也不会给四任局长开车还不挪窝。他摸了摸脑门，嘿嘿两声说，李局，我老刘这人不管领导的事儿，我就只管这方向盘别出差错就行了。

李民生知道老刘在耍滑头，就说，老刘你行啊，领导心思，你揣摸得够准的，是不是评论了老局长，会让我这现任局长以为，今后也会评论我是不是？你哟，真是老滑头！

李民生骂老刘是老滑头，老刘也不生气，只是眯了眼笑。他说，李局，我一个公勤人员，不明哲保身，丢了饭碗可就惨了。每个月我老婆都巴望这千把块的工资嘞。李局，这信访局长，我看都是这样，起先雄心勃勃，后来就讲无为而治。

李民生说，老刘，你这话咋说得我听不懂呢？这起先指什么，后来又指什么？

老刘说，这起先嘛，就是刚当信访局长那前两年，都想给群众办事，都想为领导分忧，给党和政府解难，但碰了一鼻子的灰后，就知道信访工作难，这信访局长更难，迫不得已，就没个主动性了，就讲无为而治了。

李民生就笑，伸手拍了老刘的肩膀一巴掌说，你认为我这当局长的，是不是也该从起先到后来了才对吧？

老刘嘿嘿一笑说，李局，你给我下套子呀？你这人的脾气，不会有后来的。

李民生说，老刘，你这是骂我一根筋哩。

老刘说，李局，你就是一根筋嘛。

李民生就笑，说，你老刘不评论领导，可你心里不知评论了多少遍了！

老刘还笑，是那种不好意思的笑。老刘收敛了笑容，偏着头认真地对李民生说，李局，你别说，你跟老局长，还真有些相近的地方，他起先也是一根筋，但后来……

李民生问，后来怎么啦？

老刘说，后来怎么了你比我清楚，还不是因为兰花案。李局，下面去哪里？

李民生挥了挥手说，回局里。

第六章　别一根筋

　　李民生回到信访局，就召赵副局长来商量组建调查组的事。赵副局长说，李局，你真有办法，事情一汇报上去，总能得到尚方宝剑。

　　李民生苦笑了说，赵副，什么尚方宝剑，这次可是个烫手山芋。市长定了调子，龙潭公园的开发不能变，龙潭村的上访问题，必须在这个前提下解决。

　　赵副局长不解地问，李局，为什么一定要开发龙潭公园？

　　李民生一脸无奈地说，赵副，你问我，我问谁呀？

　　赵副局长手捧盛着普洱茶的茶杯龇龇牙说，这龙潭村的工作，在这个调子下做，恐怕就难做了。

　　李民生说，难做也得做。赵副，你尽快跟国土、旅游和招商等局的领导联系，让他们把人抽出来，尽快组建一个工作组。

　　赵副局长点点头，站起身准备离去，突然他又停住，对李民生说，李局，市委的孙副书记已经转危为安了，你是不是抽时间看一下？

　　听赵副局长这样一说，李民生就用拳头直敲脑门说，你看这两天我都乱糊涂了，把领导的安危都忘了。我马上去，马上去！

李民生就打电话给老刘，要他去买一袋水果和一束鲜花，然后开车来局里接他去看孙副书记。老刘照办后，来局里接了李民生，就开车往市人民医院驶去。

孙副书记的病床前，早已成了鲜花的海洋，李民生知道，许多委、办、局的领导早已来看过孙副书记了。从孙副书记的神色上可看出来，病情早无大碍。

孙副书记见了李民生，就打趣说，民生，谁要你来看我了？你还是多抽点时间在你的信访工作上，群众不上访，我也就不住院了。

李民生说，孙副书记，我们信访工作没有做好，才导致群众上访事件的发生，让你受委屈了。

孙副书记拍了拍被子说，我受点委屈是小事，但群众受了委屈就是大事了。你到底搞清楚了没有，龙潭村村民为何要群体上访？

李民生说，云湖集团搞房地产开发，修避暑山庄，要占龙潭公园。龙潭村村民不同意，就上访了。

孙副书记说，这云湖集团开发房地产，有的是地嘛，为何硬要占人家的龙潭公园？

李民生说，还不是因为那里山清水秀。

孙副书记说，我知道那里山清水秀，这龙潭公园，我陪北京的、外省的和省上的领导去得多了。这龙潭公园不仅仅是个公园，它是有象征意义的，说得夸张点，它是十一届三中全会后农村搞改革的成果。这云湖集团咋就只知道赚钱，没个觉悟呢？李局长，你告诉云湖集团，别瞎整，让他们停止开发。

这可让李民生犯难了，他搔了搔头皮面有难色地说，可市长说了，开发龙潭公园关系着兰城市开发的大局，不能叫停。

李民生提到市长，孙副书记不吱声了。他阴沉了一会儿脸后嘀咕道，光开发不保护，我看也很有问题。什么都开发了，拿什么给后人交代？

李民生知道现在书记不在家，副书记的话就是市委的话。但现在的孙副书记在病床上，病床上的话可算指示可不算指示，就大了胆子问道，孙副书记，这龙潭公园开发要不要叫停？

孙副书记木了脸说，还是按市长的意思办吧。

李民生说，我担心说服不了龙潭村的群众。

孙副书记挥了一下手，那意思是要李民生告辞，他说，我现在是病号，主要任务就是养病，没精力来思考你提出的问题。民生啊，别太着急，凡事都要讲耐心。这群众工作嘛，能说服要说服，不能说服也要想办法说服。说真话，有些事情，别说群众不理解，连我也不理解。

孙副书记的话说得一点也不见外，这让李民生多了些温暖。他知道，领导也有领导的难处，领导之间对同一问题也有着分歧，现在还要再讲工作中的困难就显得自己不懂事了，就挤了笑脸，跟孙副书记告辞。

李民生匆匆下了楼，想横过花园，去医院停车场，却碰到了穿着病号服坐在轮椅上晒太阳的老局长韩洪春。

李民生赶紧上前去打招呼说，韩局长，你老什么时候住的院？咋不通知局里一声？

韩老局长说，我还不知道信访局忙？都退休了，还骚扰你们做甚？民生，听说龙潭村村民上访，把市委都堵了？

李民生没想到消息会传得如此快，连住院的老局长都知道了，就笑着说，都说秀才不出门，能知天下事，老局长，你比秀才还厉害嘞。

韩局长也张一张老嘴笑了，他说，别拿秀才跟咱比，咱是行伍出身，是十足的武棒棒。

李民生说，老局长，你也别谦虚了，兰城市谁个不知道你文武双全。

韩老局长又笑，开心地笑，那笑声像风卷一面破旗。李民生看着他开心的样子，更像一位得道的高人。

韩老局长说，民生呀，这信访呀，跟我当信访局长那些年不太一样了。我当局长那些年，主要是个体的上访多，现在，群体上访的事件多起来了，处理起来难度也比我们那些年大了。

老局长能有这份理解，让李民生内心充满了感激。他说，有老局长的理解，我李民生吃苦受累也值了。

听李民生这么说，韩老局长突然变得严肃起来，他伸出一双老手拉住了李民生的手说，民生，别一根筋，一根筋会吃大亏的哦！

李民生听了老局长的话有些哭笑不得。他知道，老局长的绰号就叫一根筋。

韩老局长见李民生没应他，就又叮咛道，凡事听领导的话。嗯，听领导的话。

李民生总觉得老局长这些话有些意味深长。

中午在家吃饭的时候，李民生就向耿莲提及老局长叮嘱他的话。耿莲说，韩洪春这两句话，都是他的教训，当年他要不一根筋，听听领导的招呼，他也不会在五十八岁上早早退休。民生，你的性格跟韩老不说不知道，这一说还真有几分相像，韩老的告诫，你该把它刻在心里头。

李民生对一脸严肃的耿莲说，我虽然做事讲原则，但也不是一点灵活性都不讲。这信访局长，跟其他局长不一样，人家大会小会讲的都是成绩，我们讲的都是问题。我也知道，问题讲多了，给领导添堵，但有些问题要是不讲，扩大化了还不是给领导增加责任和负担！

耿莲说，我不是这个意思，当信访局长，咋不能替老百姓反映问题？我的意思是，有些问题，原来就牵扯着市里的主要领导，你要没点灵活性，像老局长那样，硬要搞个水落石出，最后吃亏的是自己。当年老局长依人劝，听个招呼，也不会去成天读《老子》，研究陶渊明。

李民生听耿莲的话笑了，他说，读读《老子》，研究一下陶渊明有什么不好？那也是一种生活方式嘛。

耿莲嗔道，民生，我正告你，你要真丢了乌纱回你老家去学陶渊明，你自己去，可别硬拉上我，我可玩不了那采菊东篱下，悠然见南山。

看妻子没半点开玩笑的意思，李民生就只好打圆场说，谁要学陶渊明了？我不过是羡慕他对待生活的超然态度罢了。

第七章　血写的上访信

晚饭的时候，妻子耿莲做了她的拿手菜酸辣鲫鱼。李民生下班回到家，妻子耿莲就从厨房里端出了香味扑鼻、热气腾腾的酸辣鲫鱼了。

看着满盆的酸辣鲫鱼，李民生就想起了那个见鱼就神经质的上访老妇人。这两天为了龙潭村村民上访的事，奔来忙去就没顾得上看她送来的那份特殊的上访材料。

耿莲见丈夫李民生站在屋子中央发呆，就说，民生，你这只见不得腥的猫，傻站着干啥？就像是被啥勾去了魂似的。

耿莲的话让李民生回过神来，他赶忙走到沙发边放下公文包，装作兴致勃勃的样子坐到餐桌前，拿起筷子夹一条鲫鱼放到碗里，认真地吃起来。

向来酷爱吃鱼的李民生，今晚吃着这酸辣鲫鱼，却吃不出过去那种又辣又鲜甜的滋味了。他每咀嚼一下，脑子里就会闪现一下老妇人那双恐惧的眼睛，耳朵里就会想起猫不是魔鬼，鱼才是魔鬼的叫喊声。

鱼怎么会是魔鬼呢？李民生想，越想越觉得这老妇人的话有些莫名其妙。

耿莲盛了饭坐在李民生的对面，当她从盆里夹起一条鲫鱼欲放到李民生碗里时，却见李民生吃得一脸的艰难，就又把夹了鱼的手缩回来，把鱼放回到盛鱼的菜盆里问，民生，我今天做的鱼味道不好吗？

没有。李民生摇了摇头说，不是你做的鱼味道不好，是我这心里别扭着哩。

耿莲问，是什么事又让你别扭了？

李民生见妻子一脸疑惑，就说，没什么，只是今天看到鱼，让我想起了前两天来上访的老妇人，她一见鱼就恐惧，就神经质，就大叫鱼是魔鬼。

鱼怎么会是魔鬼呢？耿莲不解地问。

李民生说，你的问题也就是我的问题。就是呀，鱼怎么会是魔鬼呢？

带着这样的疑问，喜好吃鱼的李民生越吃越没有滋味了，他草草扒了几口饭后，就坐到沙发上看电视了。

电视在播新闻，新闻都是些无止无休的会。电视根本吸引不了李民生的注意力，反倒在他心里，有股力量正拼命拽着他，让他回到前几天跟那上访的老妇人见面的场景里去。

他想到了那份血书。

想到那份血书，李民生有些坐不住了。他放下手中的电视遥控板，提了公文包，从沙发上站起身来，走到门边才想到该给妻子说一声，于是，李民生就冲在厨房里唏里哗啦洗餐具的耿莲说，我有事出去一会儿。

耿莲不高兴李民生吃完饭就往外跑，佯装没听见，不仅不应，还把洗碗筷的声音搞得更响了。

李民生知道耿莲的不满，但他还是拉开了门，下楼后就骑上自行车往信访局赶。

来到信访局门口，李民生见守门的老头子正在门房里教训他不听话的孙子。老人的家在乡下，做梦都想让自己的后人能变成城里人。在老人看来，乡下人要做城里的人，唯一的途径就是念书考学，他于是就把孙子接来了，缠着李民生找了市一小的校长，让他孙子做了市一小的学生。但这孩子野惯了，根本就没把老人的良苦用心当回事，不仅不好好学习，而且在学校里惹是生非，干出了许多让老师头疼的事情。学校捎话给老人，这孩子要这样继续下去，就要让他退学。

孩子不争气，让老人气得慌，于是就苦口婆心劝。但这孩子把老人的话当成耳边风，照样干坏事。这次是给一个女同学的书包里放进去一根黄鳝，这女同学伸手进包抓出黄鳝以为是毒蛇，当场就吓昏了过去。

恼羞成怒的老人，自然是给孩子一顿狠揍。这孩子在老人的棍棒敲打下大声号叫，哭声惊天动地。李民生见状，就进了门房去劝阻老人。

见是局长，老人跺跺脚扔下手中的棍子。他手指跪着的孙子，嘴一瘪脸抽搐两下老泪就从脸上滚落下来了。他说，局长，家门不幸，家门不幸啊！这龟孙子的，打不怕，骂不乖，还跟我斗嘴嘞，他说我要再打他，他就上访我，告我虐待未成年人，判我个十年八年徒刑嘞。

老人的话让李民生忍不住笑了。他说，你也别太看不起这小孩了，他也不是一点都不学习，要不咋知道《未成年人保护法》？你是得当心，下手重了，打出个三长两短，那真是要坐牢的。

老人不解，说，局长，日怪了，打自己孙子也犯法？

李民生说，当然犯法。

阻止完老人打孩子，李民生匆匆进到办公室，拿起了那份用鲜血写的上访材料认真看起来。

李民生当局长这几年，没少接到过这类所谓的血书。上访者们一方面因为冲动，另一方面也是想用极端的形式引起信访部门注意，常常以血代墨，写下所谓的血书。大凡这样的血书都充满了情绪化，用词尖锐，语气偏激，一副不达目的不罢休的架势。

李民生作为信访局长，是不太主张信访者写血书的。在李民生看来，那些个浑身写满冤字的，那披麻戴孝的，那以血代墨的上访者，其极端的行为并不利于事情的解决。冲动的行为除了能得到一时之快，往往让本来不难解决的问题变成一团乱麻。

但李民生现在捧着的这份血书，却写得相当克制，甚至连情绪都显得内敛。写血书的人开始就申明，说自己不是想写血书，只不过是找不到笔墨的无奈之举罢了。在这份血书里，这个叫范敏的女人没有采取上访者惯用的那些言语尖锐情绪偏激的言词，而是不带任何感情色彩地在叙述一个故事。

但在李民生看来，这个故事是如此地触目惊心，出人意料，像一个峰回路转、跌宕起伏的小说。他在那些试图保持客观的叙述中，读到的是恐怖。这看过太多上访材料的信访局长，竟然在阅读这份材料时背脊上生出了一阵持久不能消退的寒意。

李民生知道，这个叫范敏的女人的上访材料，如果让兰城市的干部群众读到，一定会为此惊愕，不需要两天时间，就会主宰兰城市的所有闲言碎语，成为人们争相传播的特大新闻。

李民生想，这样重大的上访应立刻向市委汇报。但当他准备拨电话的时候，却犹豫了，一封来自疯人院的上访信，领导们会相信其真实性吗？难道自己就这样向市委汇报，说一个疯子写了一份耸人听闻的上访信？当然，李民生可以说她不是疯子。但在没有证明她精神没有问题之前，李民生难道就凭范敏的母亲的一家之言，向市委拍胸脯说范敏不是疯子？尽管李民生知道，一个精神病患者，是断不会有如此清晰的逻辑思维的。

李民生想，自己有必要在向市委汇报前，前往疯人院去见一见范敏。于是他在阅读完她的上访信后，将它装进了信访局的保险柜。他知道，在事情没弄清楚之前，这上访信的内容泄漏出去，后果不堪设想。

李民生夜里骑自行车回家，整个人思绪都还在那封上访信里，在经过一个十字路口时差点撞上一辆出租车。回家后，妻子耿莲已经酣睡，中年发福的她发出了旋律多变的鼾声。李民生不想惊扰她的睡眠，一个人去了书房。在书房的单人床上靠了一阵，李民生有了抽一支烟的强烈愿望。

在香烟的刺激下，李民生明白了明天一早就去找范敏并非明智之举。他决定不带任何人，独自去一趟云湖。他非常清楚，只要在云湖中取了样水，拿回市里化验后就能判定，这范敏说的一切，到底是耸人听闻的谎言，还是被遮蔽了多年的惊心动魄的真相。

想着自己就要亲自揭开云湖自杀之谜，李民生激动得睡意全无。他拨了赵副局长家的电话，说暂时别忙组织调查组去云湖龙潭村。

赵副局长不解地说，组织调查组是市长的意思，追究下来，咋办？

你不会说各单位抽人有困难？李民生没好气地对赵副局长说。

第八章　旅途的段子

李民生坐上了开往云湖的客车。

李民生已经好多年没有坐过这种大巴了，自从当了信访局副局长后，出差下乡时，用的都是信访局的车，当了局长，坐的更是专车了。本来，这次去云湖，李民生是打算让老刘开车去的，但想了想，怕老刘口风不严，才又决定独自行动。

坐上了客车，李民生不由心生感慨，这客车上也是一个小社会哩。

驾驶室里那个留着络腮胡子的客车司机，他身旁的一大口杯浓茶晃悠不停，他时不时腾出右手端了它呷上几口，就哀叹柴油难加，汽油太贵。他好像浑身都是怨气，见了路边的交警就骂，这些龟孙子又测速了，我要去告他们，他们手上的测速器动过手脚。骂过交警，他又骂电子眼，说某某路段的电子眼也有问题，他上个月明明没跑超过一百二十迈，但电子眼硬要证明他超速了，活活罚了他整二百。

司机骂交警、电子眼，一会儿就带动了原本昏昏欲睡的乘客。一个坐在前排靠窗的乘客说，交警不是最可恶的，城管那帮孙子才可恶，掀别人的摊不说，还伤人。他边说边站起来，转过身向其他乘客展示他半边赤红的脸。

有乘客提出异议说，哥仔，你那脸不像被人揍了的嘛。

那半边红脸的乘客说，我什么时候说过被人揍了？这是城管那帮孙子掀我摊，水泼在烧红的炭上，被升起的热浪灼的。我去兰城，就是去医院检查拿证据的。我要告这帮龟孙子！

这时，坐在李民生身旁的乘客搭腔道，哥仔，你告他们？笑话，你告谁？告城管局？那是政府的局子，你告得倒？

那半边红脸咬咬牙说，告不倒也要告！告不倒，我就上访去，从兰城上访到北京。

坐在李民生身边的乘客非常不赞同半边红脸乘客的想法，他说，信访管述用，信访还不是当官的设的信访。给老百姓说话？那是那些当官的逗你们玩儿的。

李民生原本是耷拉了眼皮装睡觉的，听邻座如此歪曲信访，就睁了眼说，信访不像你说的那样。

邻座斜眼看看李民生，嘟了一下嘴说，哥仔，你八成是有亲戚在干信访，要不，你不会说这话。信访要管用，那龙潭村的人不是上访了？人家还不是照样要占他们的公园！这世道，还不是有钱的勾结当官的。

李民生知道跟自己的邻座说不清，就摆摆手说，信访也不是灵丹妙药，解决问题是有过程的。

斜座警惕地看李民生一眼说，你这人说话怎么像干部似的。要真是当官的，咋不坐小车去？

李民生笑道，当官就要坐小车呀？

邻座说，连小车都不坐，当官搓述？当官，不就是为自己多捞点好处吗？！

李民生说，当官的也不会是只为自己的，也有想替老百姓做事的。

当然有了，还有想给老百姓当儿子的哩。坐在李民生身后的乘客搭腔道。

这个时候得到别人的支持，让李民生心生一阵温暖，他转过身，投以感激的目光。

但他感激的目光，碰到的是一脸坏笑。

司机边开车边说，何小四，龟儿的，当官的给老百姓当儿子，你想得美，他想当你爹还差不多。

被叫做何小四的抢白道，胡子，你狗日的咋没见识呢？还说行千里路读万卷书，你狗日开车八成也跑了百十万公里了，也没个见识？那想给老百姓当儿子的，是县委书记。

县委书记？何小四，你日白吧。司机不相信道。

胡子，是真的哩。前不久县委书记去我们村访贫问苦，去到我们村最穷的老廖叔家。老廖叔的儿子到昆明打工去了，家里就老廖叔和他老伴再加他儿媳三个。书记知道情况就说，老人家，你儿子不在家，你把我当做你儿子好了，有啥困难跟我说。书记话才出口，站在一旁的老廖的儿媳就抢了说，领导，你说话可要算数哦。

车厢里的人听出了何小四话里的意思，顿时爆起一阵浪笑。司机边笑边用手去抹笑出的眼泪，他说，何小四，怕你狗日也想做这样的儿子嘞！

李民生却笑不出来。

何小四的话把车上的人讲笑话的瘾逗发了。一个坐在车门边的乘客接上了话茬说，四哥刚才讲的是县太爷，大领导，我给大家讲一个我们村主任的笑话。村主任家隔壁有一家人，孩子都五六岁了，还吃他妈的奶。

何小四插话说，陈凯儿，你日白吧，哪有五六岁的孩子还吃奶的，那孩子怕是你狗日小时候。

那被叫做陈凯儿的乘客转过身，轻蔑地看一眼何小四说，四哥，还说别人不长见识，我看你才没见识。那孩子就是五六岁还吃奶嘞。

何小四说，没五六岁吃奶的孩子。

司机扭头回来说，何小四，咋没个修养呢？你让人家陈凯儿把笑话讲完嘛。

陈凯儿就装腔作势咳嗽两下说，还是胡子哥有涵养。讲就讲。村主任家隔壁有一家人，孩子都五六岁了，还吃他妈的奶。孩他爹急了，有一天下地干活前对孩儿说，孩儿呀，今天你不能吃你妈妈的奶了，我在你妈奶头上抹了毒药。

陈凯儿话讲到这里，就有意停住了。

何小四说，陈凯儿，什么述的笑话，一点也不好笑嘛。

司机说，何小四，陈凯儿是给你卖关子，他还没讲完哩。

陈凯儿又咳嗽了两声说，还是胡子哥有见识，咋就完了呢？傍晚的时候，孩他爹回来了，他放下锄头就问孩子说，孩儿，你今天吃你妈的奶了？

司机边开车边接话说，肯定吃了。

没吃，没吃，吃了怎么会是笑话呢？陈凯儿摇了摇头说，孩子很得意地说，爹，我可没吃，但隔壁村主任死定了。

何小四说，关村主任什么事？

司机说，咋不关？村主任吃了呗。

于是车厢里又爆出一阵狂笑。

有人说，村主任死定了！

司机又伸手去擦眼角的泪，他开心地说，干部都死定了！

这笑话把李民生也逗笑了，但笑容还没从脸上隐去，心里却有些苦涩了，李民生不明白，这些个乘客咋就拿干部寻开心呢？

我们的干群关系，肯定出了问题。李民生头朝车窗外想。

也许是车厢内轻松的气氛，三个多小时的路程，不觉间就走完了。李民生的眼前，出现了一个大大的湖。

云湖到了。

李民生独自来到湖边，阴霾的天气，让李民生没有了站在湖边应有的那种爽爽朗朗的心情。湖水是那种富营养化的残绿，看上去触目惊心，李民生甚至还闻到了一股刺鼻的恶臭，这种臭味让人有了呕吐的欲望。

李民生记得自己还是少年的时候，跟同学们来过云湖，那时的水是清的，有一种赏心悦目的蓝。他记得那时还赤条条地在这湖里游过泳，那种裸了身子在清澈湖水里游泳的滋味在他记忆里是一抹美好的回忆。从那时候起，他便有些羡慕那些择水而居的人。但现在，他却庆幸自己没生活在这令人作呕的湖岸边。

　　湖边有人在向湖里撒纸钱，那些纷纷扬扬的纸钱，像随风而散的枯叶，飘向湖中。看着那些纸钱，李民生猛然想起，这是清明了，游人们开始悼念亡灵。天空显得越发灰暗了，不知是昏鸦还是鸥鸟，在湖面上翻飞，发出似饥饿更似绝望的叫声，世界顿时像铅一样沉重起来，风也紧了起来，拂过面颊时，竟显得有些冷硬了。

　　李民生站在岸边想，怕是要下雨了。

　　这时，在他的不远处，又有一个妇人往湖里撒纸钱，她挥撒出的纸钱在空中翻飞一阵，就被风卷着飞回岸边来，一些纸钱还落在了李民生的脸上和身上。风似乎在跟妇人作对，她撒出一把，就被吹回一片，像是亡灵刻意要拒绝她的赠予一样。

　　看着随风而散的纸钱，妇人似乎加重了悲哀。在无力承受的悲哀中，她沮丧地坐在了岸边的沙地上。

　　李民生朝着这个妇人走去。

　　走近后李民生惊讶地发现，这个妇女竟是前不久到信访局来找他的那个替女儿上访的妇人。她带着上海腔的普通话和优雅的气质让李民生记忆深刻，但更深刻的，是她在看到王小莉提着的鱼时的惊恐和神经质。

　　事实上，李民生的云湖之行，就是要揭开她的女儿在上访材料中所说的云湖自杀之谜。自己在此时偶遇老妇人，在李民生看来，纯属是天意！

　　天意不可违！李民生心里这么说。

第九章　自杀猫

在上世纪九十年代以前，云湖一直是兰城市人赖以自豪的高原水乡。当时，秀美的云湖上渔船点点，白云片片，碧波万顷，虾鱼成群，四围稻香，夏天如碧玉，秋天似黄金。去过江南的云湖人，回来后龇龇嘴，说江南跟咱云湖彼此彼此。

事实上人们早已把云湖称为云岭江南。

但九十年代后这一切开始急剧地发生了变化，首先是云湖的猫，莫名其妙地争先恐后地投湖自尽，接着就是人。关于云湖人投湖自尽的故事，在民间小道消息的无数次地加工后，成了惊心动魄的恐怖电影，在云湖人甚至是整个兰城人的大脑片场里，反复播放。

过去，云湖这个地方盛产白猫。那种皮毛洁白、没一根杂毛的白猫，简直就是猫中尤物和骄子。这白猫好腥，喜食鱼虾，一般渔民家都会养上三四只。除渔民外，岸边从事稻作的农户家也养白猫，这白猫虽然外表美丽温柔，性格中却凶猛异常，捕食田鼠如探囊取物。九十年代后的云湖人，在经历了几次鼠患的洗劫后，对白猫的心情尤为复杂。

云湖人过去到湖里打鱼都爱带上一只白猫，这已成了一种习惯，虽然那个时候的云湖人还没有宠物的概念，但事实上，云湖人已把白猫当做了自家的宠物。虽然船上的白猫没少干偷鱼盗虾的事,但捕捞甚丰的渔民们轻易地原谅了它们。特别是在那些秋风渐凉的秋夜里,白猫与船上的主人相守相随,让渔民们少了好多夜的孤独和寂寞。

第一只投湖自尽的白猫,是一个王姓人家的白猫。那天傍晚,王氏双胞胎兄弟去湖里捕鱼,像往常一样,兄弟俩中的一个手抱白猫就上了船。

那是个风平浪静的夏夜,半江渔火的湖面,值得文人们吟诗作赋风骚一番。王氏兄弟不是文人,他们是渔民,美景于他们来说毫无意义。他们专心致志地下网,相互间聊着闲话,哥哥抱怨今年湖里鱼虾不如往年,弟弟说味道也比往年差了。这时,那只伏在船头的白猫却在一个劲地抽搐,像是怕冷又像是害了疟疾。

首先看到猫表现异常的是哥哥,他以为猫一定是患了病,就停下手中活计,往船头走去。这时猫突然站了起来,它试图往前走,但步履蹒跚,摇摇晃晃。步态不稳的猫,看上去更像是在表演一种舞蹈。哥哥爱怜地走近它。就在哥哥弯下腰去想把它抱到怀里的时候,猫突然跃起,在空中画出白练一样的弧线,跃入湖中。猫跳入湖中的声音也惊着了弟弟,弟弟也停下手中的活计,赶到船头来。

船头上坐着痴痴呆呆的哥哥,他的注意力一直盯着猫跳湖的方向。弟弟唤了哥哥两声,哥哥没应。弟弟说,猫跳了湖,今后再养一只吧。这时哥哥说了话。哥哥说,跳湖的不是猫,是个仙女,白衣飘飘的仙女。

他的话里有一种若有所失的悲伤。

弟弟却笑了。弟弟知道,二十八岁大龄的哥哥,一直没找到意中人,他肯定是想女人想疯了,把白猫当成了仙女,于是他安慰哥哥道,哥,猫就是猫,不是什么仙女。你真想女人,邻村那秀芝,你把她娶了吧,虽是二婚,但人家看上去金枝玉叶的。

哥哥听了弟弟的话,突然从船头站起来,转身就冲弟弟发了火,他手指猫跳下去的地方大声嚷道,不是猫,是仙女!我什么时候想女人了,嗯?

看哥哥发火,弟弟不吭声了。他本来想告诉哥哥,跳湖的就是自家的白猫。但他显然清楚这样的解释毫无意义,因为船上的白猫不见了的事实,哥哥是清楚的,他固执地把白猫当仙女,为弟的又有什么办法呢?

那天兄弟俩都没再互相说话,船上的气氛比黑夜还让人压抑。他们忙活了一阵,就在月亮慢慢从湖边沉下去时划船回了家。

从第二天开始,哥哥变了一个人。他总是一个人坐在湖边,呆呆地看着那波光激滟的湖面,似乎他所有的魂魄,都跟了那只白猫去了。

不久,哥哥行走的步履变得艰难起来,样子像一个蹒跚学步的孩子,接着是口齿不灵,说话就像嘴里含了东西,让人听不明白。再后来,他开始无缘无故撕扯自己的头发,无缘无故摔砸东西。再后来,弟弟吃惊地发现,哥哥的整个身子已经扭曲变形了。

就在弟弟准备带着哥哥去兰城市人民医院看病的前一天,哥哥投湖自杀了。在清理哥哥的遗物时,弟弟看到了哥哥留下的一张纸条。他告诉弟弟,他去找他的白衣仙女了。

看了哥哥的纸条,原本不相信什么仙女的弟弟,也觉得事情蹊跷起来。他开始到处向人们讲那天夜里猫跳湖自杀的事,但他没有像哥哥那样,把白猫当成白衣仙女,而是把它称做白猫精。

白猫精,在云湖人听来,这就是妖怪了。

弟弟到处传播哥哥被白猫精勾走了魂灵投湖自杀的故事,并未坚持多久,弟弟已患上了口齿不清的毛病。人们再听他讲的故事,就像风吹过屋顶的声音一样含混不清了。

弟弟害上了与哥哥同样的病。

在一个月色朦胧的夜里,有人看见他跳了湖。据云湖人说,这弟弟也是被白猫精勾走了性命的,人们说他身上留下了猫的抓痕。

王氏兄弟被白猫精勾走了性命的消息恐怖地传播。而似乎是要给王氏兄弟作证，云湖的白猫投湖自杀的事件又时有发生。让人惊异的是，那些白猫身上出现的抽搐、步履蹒跚的症状，已开始在一些渔民的身上出现。一种原因不明的"怪病"，在云湖肆无忌惮地传播。

自杀的猫，自杀的人，让曾经美丽如天堂的云湖，一下子成了地狱。

从前把白猫当宠物一样怜爱的云湖人，现在看到白猫，比老虎还要凶猛、恐怖。但一个精明的广东商贩在得到这个信息后，他不仅没有一丝恐惧，反而是把它当做了上天要他发财的喜讯，他赶到云湖，用低廉价格买走了云湖周围所有的白猫。

白猫就这样在云湖绝迹了。

没有了白猫的云湖依旧有人前仆后继地投湖，那种在云湖人看来是猫传染的疾病依旧没有停止蔓延的迹象。许多人依旧患上了同样的"怪病"，在这种"怪病"下被折磨致死的人的痛苦和惨状，超出了人们的想象。为此，省里从全国组织了一批医疗专家前往云湖，在经过近半年的调查后，依旧无法查明病因，只得带着谜团抱憾离去。

医疗专家查不出致病原因，这病就理所当然是怪病了。科学解决不了的问题，诉求的对象就自然变成了迷信，这在我们这个国度是自然而然的事情。

于是，云湖山上冷清的白云观，重新变得热闹起来。相信魔高一尺、道高一丈的云湖人，把道士当成了救世主。那些披头散发的道士，出观下山，深入民间，成了家家户户的座上宾。他们求卜问签，刀劈斧砍，试图用各种稀奇古怪的道术降妖除魔。但结果却是如此的让人失望。整个儿一个道高一尺，魔高一丈。投湖的还在投湖，患"怪病"的依旧有增无减。

云湖自杀之谜，成了一个真正奥秘。

既然降服不了白猫精，那只有敬畏它，把它捧到神的宝座上去，这也许就是人的软弱。云湖人在对那群披头散发的道士极度失望后，把对白猫精的刻骨仇恨变成了铭心的虔敬。他们自发地组织起来，捐资建庙，在云湖山上大兴土木，建了一座让白云道观相形见绌的猫神庙。这白猫神庙的堂皇和漂亮，足以让外人称道不已。

建了神庙，云湖人还认为自己对白猫的尊敬还不够充分和彻底，在经过广泛的商议和筹划后，云湖人搞了一个祭祀白猫的活动。这个活动前两年李民生见识过，场面之壮观，气氛之热烈，对白猫大神的敬仰之虔诚，都难以形容。李民生还记得那座用泥塑后又抹了石灰粉的"白猫大神"，在八抬大轿的担护下，在众人的簇拥下，吹吹打打绕湖而行很是威仪。

李民生想，神啊，不因敬爱而生，而因恐惧而立。脆弱的生命在面对无力抵御的灾难时，迷信是最好的麻醉剂。

难道这个老妇人已相信迷信？在她如此优雅的外表下，是否也有一颗因恐惧而生的愚昧之心？在李民生眼里，这个向湖面抛撒纸钱的老妇人的举止，跟在信访局坐在他对面时一样，优美而典雅。

气质宁静沉稳，却又咄咄逼人。李民生认为老妇人如是。

老妇人这时已看清了走近她的人是李民生，她在惊讶中停止了抛撒纸钱。但她的惊讶转瞬即逝，脸上又恢复了深不可测的平静。她冲李民生微微颔首，算是招呼，继而又向着湖面方向的天空抛撒纸钱。

李民生看着纷纷扬扬的纸钱对老妇人说，你恨这云湖？

老妇人抛撒纸钱的手凝固在空中，慢慢无力地垂下，手中的纸钱从手里掉落在地上，又被风一卷老远。

是云湖恨我！老妇人说。

老妇人的话让李民生一脸讶异。

它该恨我，恨我们！

老妇人的话说得很轻，却字字沉重。

第十章　霭霭停云

原来您在祭湖。李民生若有所悟地说。

老妇人点点头又摇摇头说，不仅仅是，我也在祭我的亲人。

亲人？

李民生愈发惊讶了。

老妇人又往湖面的方向抛出一把纸钱，她看着纷纷扬扬的纸钱说，这云湖夺去了我两位亲人的命。

两位亲人？

是的，我的丈夫和儿子。

他们也是渔民？

不，他们不是。老妇人解释说，他们都是原来云湖化工厂的职工。

云湖化工厂？李民生问。

现在叫云湖集团。老妇人说。

话题就这样打开了。老妇人陷入了回忆。回忆对她来说，疼痛而又艰难。但从她平静的叙述中，李民生知道，在她内心深处，一直没有停止过对往事的追忆。

你从我的话里，肯定听出了我是上海人。我的先生也是上海人。我们是上海化工学院的同学。老妇人介绍说。

李民生点点头说，我明白了，你们是响应支边来云湖的？

老妇人摇摇头说，不，我们学化工的，不关心政治。

李民生不太懂老妇人的话，他不明白，支边怎么会是政治呢？但继而又想，支边为何又不是政治呢？

我说错话了？老妇人看着愣在一旁的李民生问。

没有。李民生摇摇头说。

我们是因为逃避来到云湖的，准确地说，是我的先生范波在逃避。按今天时髦的话说，逃避是我先生的一种生活方式。在念大学的时候，同学们就说，范波不该来学化工，该去学文科。我当年喜欢上他，就是觉得他身上有一种文人气质。我们是"文革"前的大学生，对建设国家有一种青春的热情和冲动。那时，我们同学的理想，就是要在全国各地都建起又大又先进的化工厂。但范波却在临毕业前，写了《论化工对环境的危害》的论文。这篇论文，在今天的人看来，是一篇没啥问题的文章，但在那个时候，却是大问题，是对中国化工事业的不满和破坏。因为这篇论文，范波成了右派。他戴着这顶右派帽子毕业，分到上海的一家小型化工厂做了技术员，在"文革"中，一直是那家化工厂的活靶子和批斗对象。拨乱反正后，全国掀起了建设"四化"的热潮。我们的小型化工厂要改扩建为大型化工厂。范波在这个时候又犯了傻，他又向上级领导建言，说他所在的化工厂在黄浦江边，不宜改扩建，化工厂的废水废料会污染黄浦江，继而会污染太平洋。

你的先生不愧是一个有良知的知识分子。李民生插话赞赏道。

那是你说的，李局长。老妇人苦笑一下，继而道，领导不这样认为，他们把范波的话当成杂音，当成别有用心的反动分子对"四化"建设的阻挠和破坏。

李民生说，都拨乱反正了，范波为何还被当成反动分子？

虽然是粉碎了"四人帮"，拨乱反正了，但范波当过右派，虽然刚摘了帽，但在当时的人看来，还是习惯性当成反动分子。因为他的言论，他被领导安排去守仓库。从那个时候开始，我总从他眼中看到一种挥之不去的绝望。也就从那时开始,他迷上了陶渊明。

陶渊明,迷上陶渊明没啥错,我也很喜欢陶渊明。"采菊东篱下,悠然见南山。"那种悠然自如的人生境界,我也心向往之。李民生说。老妇人浅浅地笑了一下,这是李民生第一次看见老妇人笑,尽管这仅是瞬间即逝的微笑,但它让李民生明白,在心理上,老妇人对他亲近了许多。

没想到李局长也喜欢陶渊明。老妇人轻声说,但语气中明显有了赞许的意味。她不再抛撒纸钱,面向湖面站了一阵说,我先生更喜欢陶渊明的少无适俗韵,性本爱丘山。

李民生点头说,范先生确实是一个超越世俗的高人。

老妇人摇摇头说,不是超越,是逃避。

那他是因为逃避世俗才来的云湖?李民生问道。

老妇人想了想,认同地点了点头,继而又纠正道,还逃避命运。我先生是在报上知道云湖化工厂到上海招技术人员消息的。那时,身处上海的他对遥远的云湖一无所知。但云湖这两个字吸引了他。老妇人说。

范先生不会是被一个地名吸引来的吧?李民生不可思议地问道。

怎么不会呢?他确实是被云湖这地名吸引了。我说过我先生喜爱陶渊明,尤其是陶渊明诗中的一个意向让他痴迷,存在他心里挥之不去。老妇人解释道。

什么意向会如此让他挥之不去?李民生充满好奇地问道。

李局长喜欢陶渊明,对这个意向一定不陌生,那就是停云。

停云?

是的,停云,停在空中的一朵云。

李民生知道停云,停云是陶渊明一首四言诗的诗名。李民生在闲时和苦闷之时读陶诗,是自己一个隐秘的爱好。在做信访工作的这些年,耳闻目睹了多少利益之争、权钱交易,有时对尘世不免厌倦,而陶诗却如一服良药,让他在捧读时暂时忘记那些世俗之争。所以，老妇人说到停云，李民生就背诵出了这首《停云》：

> 霭霭停云，
> 濛濛时雨。
> 八表同昏，
> 平路伊阻。

李民生背诵出《停云》，让老妇人不仅是欣赏，简直是惊异了。李民生发现，老妇人从前看人冰冷的目光，现在变得温暖起来。她说，真可惜我先生走早了，要不，你一定是他的知音。我让他不甚满意的地方，就是我们在面对陶渊明时我的无知。他总是说，我们的国人今天太崇尚速度了，要学陶渊明那样慢下来。我们应该把关注的目光投给天空、山川和村落，而不是高耸的烟囱、庞大的工厂。

他说的一点也没错。李民生点头说。

这话也许不错，但一个学化工的，有这样认识就错了。他的悲剧就是他太喜欢陶渊明了。他总想诗意地生活在这世上，但对他来说，他没有陶渊明的幸运。

说自己对陶渊明无知的老妇人，如此透彻地理解了陶渊明，这让李民生佩服之至。李民生用崇敬的语气说，老人家，你才是最懂陶渊明的。

老妇人又浅浅地笑了一下，像阴霾的天空拂过一抹亮色。她说，李局长，你从兰城来云湖，怕不是专程来跟我讨论陶渊明的吧？

李民生笑了笑说，跟你老人家讨论陶渊明，我李民生还不够格。我来云湖，是想证实你女儿的信访材料中的一些事情。

老人苦笑了一下说，事情都过去十多年了。证实了又能怎么样呢？

李民生说，至少可以把你女儿从精神病院里救出来。

没想到老人却摇了摇头。

这是李民生始料未及的。

老人家，你来信访局找我，不就是要我还你女儿一个公道，把她从精神病院里救出来吗？李民生不解地问道。

老人叹了一口气，她的叹息里有一种无奈的伤感。她幽怨地说，李局长，我先前找你，就是想你能帮助我，还我那苦命的女儿公道。我当时确实巴望你尽快把她从精神病院拯救出来。但现在我不这么想了。

这……这又是为什么呢？李民生大惑不解。

因为……因为她现在真的是疯子了。老人哽咽道。

李民生咬咬牙说，她真疯了，我们更有责任还她公道。老人家，揭开云湖自杀之谜，我有义不容辞的责任。对了，老人家，你能不能再谈谈你的先生？

这时老人突然抬起头来说，李局长，你为何不请我谈谈我呢？

当……然。李民生点点头说。

第十一章 谁都想有所作为

我叫鲁馨予,我说过我跟我丈夫范波是大学同学。"文革"前一年毕业于上海化工学院。我在大学时喜欢上范波,是因为我喜欢他的特立独行。青春少女,谁不喜欢有个性的男生?何况他还是一个有思想有文人气质的青年。在我们那样的工科院校里,范波绝对是凤毛麟角似的人物。就是他被划成了右派,我依然没怀疑他的优秀和杰出。我爱他,毫不夸张地说,爱得忠贞不渝。

我大学毕业本来是可以留校的,但为了他,更是为了爱情,我义无反顾跟范波一起去了那家在上海毫不起眼的小型化工厂,做了一名技术员。因为他的身份,我自然也得不到领导的赏识和器重。但我认了,甘愿为爱牺牲。我们结婚两年后,有了儿子小涛,五年后又有了女儿小敏。

在上海的那些年,我们的工作是压抑的,生活也很清贫,精神上也有些苦闷,但家庭却是快乐幸福的。特别是小涛,打小跟他父亲就像是朋友兄弟一样。他俩不知是不是字里带水的缘故,都喜欢水,每逢星期天,父子俩总是约着去很远的崇明岛钓鱼。久而久之,钓鱼成了他父子俩的唯一爱好。父子俩不仅喜欢钓鱼,而且喜欢吃鱼。钓到鱼后深更半夜回家,还会兴致勃勃做他们的糖醋鱼。我和小敏都取笑他父子俩是馋猫变的。奇怪的是,我和我家小敏，对鱼却兴趣全无，别说钓鱼了，就是小波父子俩煎过鱼的锅，第二天我们母女俩也会多涮几遍。

　　拨乱反正后，我们到处找组织，反映范波的问题。几年后，范波的右派帽子终于摘了，政治名誉得以恢复，他高兴，我和孩子们也高兴，都以为我们会在人生的中年迎来事业的春天。我们那家化工厂改扩建的时候，范波和我都投入了巨大的热忱。但他力主工厂搬离黄浦江边的建议，让决策的领导反感，导致了他再次被冷落。这次挫折对他的打击是巨大的，说是当头一棒也不为过。他被冷落，我也没好日子过，我被工厂安排去从事后勤工作。当时我的整个心思都在小涛和小敏身上，干什么无所谓，没有范波郁郁不得志的失落感。

　　云湖集团，不，当时还叫云湖化工厂，来上海招聘人才的消息，范波获悉后就告诉了我。他说他想去应聘，希望我也一起去。我当时以为他疯了，待在上海不得志也比在那遥远的西部志得意满强，于是我坚决反对。但就在那天晚上，上海电视台放了一个西南风光的专题片，那片名我今天还记得，那蓝的天、白的云彩我今天也没忘记。我今天依旧固执地认为，我当年是被这蓝天白云哄来的。

　　一个人的心中有一个意象，这个意象会隐秘地影响你，甚至是摧毁你过去固有的观念什么的。当范波过了两天又谈到要去应聘云湖化工厂的事时，我竟然没赞成也没反对。奇怪的是那天晚上，我竟然梦见了那湛蓝的天和洁白的云。第二天醒来后，我就跟范波一起去报了名。

　　年富力强，又有"文革"前的大学文凭，我们一出现就成了招聘方的宝贝。招聘方的过分热情让我和范波都不习惯，他们欣喜若狂的样子像是事先布置的一张网终于捕到了他们的猎物似的。虽然不习惯那陌生且扑面而来的热情，但我和范波还是挺高兴，那是一种要开始新生活的激动和欣喜。

　　我们刚来到云湖的时候，真的被眼前的景象惊呆了。那个时候的云湖今天想起来依旧恍若仙境。范波更是冲动,当他站在万顷碧波的云湖边时,竟像小孩子一样手舞足蹈地大喊大叫起来。

但到了云湖化工厂时,范波却高兴不起来了。他当时咬牙切齿地对我说,这个化工厂当年是哪个蠢材选的址,竟然把它建在这美丽的云湖边!范波的话,让我不得不提醒他,不要犯过去的毛病。我对他说,见了厂方,多栽花少挑刺,我们人生地不熟的,人家不给个好脸面,难道今后灰溜溜回上海待业去?

但范波就是范波,老毛病还是照旧犯了。当厂长致欢迎词介绍完厂情,并称正在向市里申请工厂的改扩建时,范波接话了,他蹦出的第一句话就是,这化工厂压根儿不能建在这弥足珍贵的高原湖边,不是改扩建的问题,而是应该彻底搬迁另行选址的问题。

范波的话让厂长很不高兴,他说,搬迁谈何容易,那是要资金的。范波同志,这可不是你们上海,这是西南边陲!

范波本想据理力争,被我暗地里制止住了。欢迎会结束我们回到住处时,范波冲我发了火,大骂我不讲原则,不坚持真理。他的话严重刺激了我,我也火了,我冲他大声说,范波,你讲原则,你坚持真理,结果如何?一事无成,落荒而逃,都逃到边疆了!你再这样,没准要被驱逐出境了。范波,你是大学生,我也是,前些年我被你牵连,我认了,但这次,我不想再被你牵连,我都快四十的人了,我耗不起了,我想干点事情了!

我的话让范波愣住了,他没有想到,一直对他逆来顺受的我会跟他针锋相对,更为重要的是,他的那种男人的自尊心被我的尖锐刺伤了。直到今天,我都后悔,我当时再冲动,也不该用"牵连"这个词。

他没吭声,只是低垂了头坐在床边,他的沮丧让人心寒。但他表现出来的沮丧并不是因为我的出言不逊,他是对我的失望。从那以后,我明显地感到,我们的夫妻感情冷淡了许多。

化工厂没有重用他,相反,他们却委我以要职,让我做了总工。我并不是一个迷恋权力的人，但我想做事，想证明自己的能力，所以，我在工作中倾注了满腔的热忱。但我们的化工产品不仅销路不好，成本也高，没坚持多久就濒临倒闭了。工厂濒临倒闭，全厂职工无不忧心忡忡，独有范波却暗自高兴。有一天，他跟工厂的看门老头下棋，还说倒闭了好的话。这看门老头在下完棋后就跑到厂长室打了小报告，厂长于是找了我，说范波不地道，落井下石。

我回家，告诉范波要注意言行，他却哈哈大笑说，我就是盼它倒闭，我这么想，这么说，咋啦？

那时我看他像个无赖。

但工厂没有倒闭，工厂被人买了，很便宜的价格，职工们都认为是政府撂了挑子，扔了包袱。买了化工厂的是一个开矿的私营老板朱老板。朱老板财大气粗，买下化工厂后，就以化工厂为总部，连同他的矿产公司、房地产开发公司一起，成立了云湖集团。

朱老板买下化工厂，马上实施了改扩建。范波去工地阻止建厂，被工人打了一顿，被送去医院住了半个多月。出院后，他变了一个人，不再关心化工公司的事，加之小涛所在的上海的工厂破产了，投奔我们来了，范波有了伴，于是就重操旧业，迷上钓鱼了。

朱总买下云湖化工厂，把它改名为云湖化工公司，改扩建后大规模生产氯乙烯。生产氯乙烯，我们使用的是含水银的催化剂。我们的化工废水里不可避免地含有大量水银，而这含有大量水银的废水，被直接排放到了云湖里。我当时觉得这些含水银的废水直接排放到湖里不妥，就跟原来叫厂长现在叫总经理的领导汇报。总经理找了朱总，朱总对总经理说，化工公司不是环保局，别操闲心。

朱总让总经理别操闲心，总经理又让我别操闲心。就这样，往云湖里排放含水银的废水，变得自然而理所当然起来。

小敏？你提到了小敏，李局长，我们就谈一下我的女儿小敏吧。我们来云湖工作，当时就把小敏带了过来。小敏在云湖中学念书，成绩一直是中上。高中毕业，报了省化工学院。之所以报省化工学院，是因为朱总捐资赞助过省化工学院，云湖化工公司的子弟上该学院有二十分的照顾分。小敏被录取到了省化工学院的化验专业。

小敏出落成了一个大美人，这不是因为我是她母亲，成心要夸自己的女儿，她是真的漂亮。她进了大学就成了男同学追求的目标，但小敏一直没确定恋爱的对象。为此，她多次给我写信，说追求她的男孩子都很优秀，不知选谁好。我写信给她，说你犹豫，证明他们还不是你的意中人，你还得耐心等待你的白马王子。

就在小敏大四的寒假，她遭遇了她的爱情。回家过春节的她，在参加化工公司的迎新年晚会时，被朱总的儿子朱锐看中。

那天的朱锐是集团来的领导、嘉宾。往年，迎春晚会都是朱总出席，这次让朱锐来，是朱总精心设计的，他想让云湖集团的员工见识一下他的有出息的儿子。朱锐一直是朱总的骄傲，当时，他刚从美国斯坦福大学念完硕士回来。这个受过良好教育的青年当时给我也留下了良好的印象，他身上毫无他父亲的暴发户的粗俗印记，举止优雅得体，风度翩翩，活力四射。他在众人的掌声中演唱了一首英文歌曲，字正腔圆，优美动听。他身上没有纨绔子弟的清高和傲慢，和蔼的形象让他更显亲和力。每年的迎春晚会都以舞会收场，那年也一样。跳舞的时候，朱锐不知什么时候发现了小敏。舞曲响起，他就微笑着向小敏走去。

今天我无法给你形容那一幕，那一幕真的很美，一个娇娇少女，一位翩翩少年，把一个舞会推向了高潮。所有跳舞的人跳了一会儿都停下来，看这对年轻人翩然起舞。我的耳朵那时钻进的是相同的赞叹——啊，真是天生的一对！

这个叫鲁馨予的老妇人说到这里，突然痛哭失声。看着泪流满面的鲁馨予，李民生手足无措，不知道怎么安慰她。

第十二章　白猫仙子

对不起，我失态了。鲁馨予一边擦泪水一边抱歉地对李民生说。

但在李民生看来，此时的鲁馨予才是真实的，那是一种做母亲的人的真实。原来一个美丽得像童话的爱情，最后成为一个残酷的悲剧，那做母亲的，岂能没有哀伤？

他们恋爱了。鲁馨予说。

王子碰上了他心爱的公主，恋爱是顺理成章的事情。李民生想。

小敏大学毕业，回到了云湖，在化工公司里做了一名化验员。很快，她就跟朱锐结婚了。鲁馨予叙述道。

像所有的美好爱情一样，平铺直叙，按部就班。李民生边倾听边心里这么想。

小敏开始了她幸福的家庭生活。说真的，连我这做岳母的，也觉得朱锐对小敏不错。

应该这样。李民生想。

李局长，但灾难却降临到我的家庭了。当白猫精的故事在云湖岸上风一样流传时，我的先生和儿子没有被这恐怖的传言吓住，他们照样在湖边怡然自得地钓鱼，并将钓得的鱼带回家，做成他们喜欢的美味，乐此不疲。当时，我也听说了白猫精的故事，劝过范波和小涛别去湖边。范波还跟我开玩笑，说有你在白猫精不会看上我之类的话调侃我。

所以，你并没有阻止他们去钓鱼，是这样吧？李民生问道。

是的。我知道钓鱼对范波来说不仅是一种嗜好，也是一种逃避方式。在我心里，我固执地认为范波是用垂钓这种方式逃避不能自我实现的内心苦痛。特别是我被公司的器重给予了他更大的压力，所以，他更是要逃避。鲁馨予说。

你提到了你先生范波，为何不说说你儿子小涛？李民生问道。

鲁馨予没想到李民生会这样带着窥探的语气问话。她脸上浮起一丝不快，沉默一阵后点点头说，你对小涛感兴趣，那我就给你讲讲我的儿子小涛。小涛简直就是范波的翻版。因为范波的缘故，小涛从小养成了消极的人生态度，遇事不是想办法去解决，而是逃避。他原本是一个聪颖的孩子，有较强的悟性。但他读书从不努力，只找自己有兴趣的书看。所以，他中学毕业后就招工进了一家工厂做工人了。后来工厂倒闭，就来到了我们身边。

小涛是我家第一个得病的。首先发现他言语功能不正常的是我，我发现他说话越来越费劲，表达越来越吃力，语音含混不清。我关切地问他怎么了，他说不知道，还说他这样的人根本就不需要说话。过了一段时间，他连走路也变得困难了，常常重心不稳，步履蹒跚。有一天傍晚跟范波出去钓鱼，在湖边坐了一阵，小涛站起来就摇摇晃晃跌到了湖里。要不是范波拼死相救，没准就淹死了。再后来，小涛跟范波一起去钓鱼都困难了。他的身体开始扭曲变形，经常情绪失控，有一天我从公司回家，看到他竟然把自己的头发扯下了一绺放在手中把玩。

那不就是云湖经常发现的所谓"怪病"吗？李民生问道。

李局长，你说的一点都没错。为此，我走访了许多渔民家，他们都告诉我，我儿子是白猫精上了身。但我不相信渔民们迷信的话，只相信自己的儿子得了怪病。当时，有一种说法，那就是得这种怪病的人家都养有白猫。我当时固执地认为是一种猫传染病，但让我百思不得其解的是，我家从来不养猫，无论白猫还是黑猫，从来不养！鲁馨予摊了摊手说。

那范波对小涛得的怪病怎么看？李民生追问道。

他能咋看？小涛得病不到半年，范波也得了同样的病。过去小涛是范波的影子，只有在得病这事上，范波成了小涛的影子。他们父子共同经受着病痛的煎熬。鲁馨予老人感慨道，那些日子，是我们家的地狱！我们都在受难。李局长，我那时有点相信宗教了，我甚至在内心中追问，我们一家的前世，到底有多少罪孽，要在今天受这样的折磨？

我从范敏的上访材料中知道，后来小涛和范波都是投湖死的。李民生说。

鲁馨予老人点点头说，没错，是投湖，小涛先了范波半日。

你说过，你们家没有白猫，但在云湖岸边流传的自杀故事中，自杀的人的前面，都有一只自杀的白猫。李民生说。

我们家没有白猫，就是黑猫也没有。但范波和小涛都听说过自杀的白猫的故事。鲁馨予强调说。

这不奇怪，李民生说，云湖人都知道自杀的白猫的故事。

是的，云湖人的心里，都有一只小猫。我们家的两个男人中，最早出现白猫幻觉的是小涛。我在一个周末整理小涛的房间时，看见他写在一个软面抄上的歪歪扭扭的字。我认真辨别那几个字，终于看明白了意思。

那是几个什么字？李民生问。

白猫仙子带我走。鲁馨予说。

你为何不告诉他，没有什么白猫仙子。李民生看着鲁馨予说。

讲了，但我的话显然让小涛愤怒了，他冲我发出夜风一样含混的声音。第二天，他就投了湖。到今天，我能理解他的死，但就是不明白，行走已经变得极度艰难的他，怎么到的湖边？鲁馨予痛苦地摇着头说。

李民生发现，湖风掠动的鲁馨予的白发不像头发，更像霜打过的衰草。

李民生心里一阵疼痛，但他依旧没停止询问，那范波也看见了白猫？不，幻觉里也出现了白猫？

没有。鲁馨予摇头说，继而又补充道，但他的幻觉里总是出现儿子，死去的儿子。

小涛？李民生道。

是的，他看到死去的小涛在云湖上空召唤他。鲁馨予说。

对不起！李民生抱歉道，我知道回忆让你非常痛苦。

鲁馨予听了李民生的话，浅浅一笑，那种转瞬即逝的笑像是一把飞刀，扎在了李民生心上。

没关系的，痛苦也是一种快感。我一直都没停止过回忆。失去了两个自己生命中最爱的男人，我这个女人无法逃避回忆。小涛和范波的自杀，摧毁了我的精神支柱，我大病不起。这时，我也到了退休年龄。退了休的我，病愈后就把整个精力放在对白猫精的供奉和祭祀中。

你不是不迷信的吗？李民生问。

我变得比云湖岸边生活的任何人都迷信。我失去了两个我最爱的男人，我没了支撑，要活下去，就得迷信。我迷信是白猫精夺走了我生命中两个最爱的男人，但我一点也不恨它。我知道我的丈夫和儿子抛下我义无反顾投奔白猫精，说明白猫精有比我更让他们依恋的地方。我跪在白猫神庙前，心甘情愿在精神上成为白猫精的奴隶。

但这一切没持续多久，因为小敏……

鲁馨予说到这里，打住了话。

李民生问，小敏怎么啦？

鲁馨予说，小敏发现了真相。李局长，后面的故事你是知道的，小敏都写在她的上访材料里了。天晚了，我该回家了。

她边说边向李民生扬起了告别的手臂。

李民生目送她走远。李民生发现，老人佝偻的背影，在暮色苍茫中越发孤独了。

第十三章　童话也残酷

　　李民生当然知道后面的故事，正是后面的故事促使他来云湖的。这后面的故事是云湖自杀现象的真相。
　　而最初看到这个真相的人是范敏。
　　漂亮的范敏嫁给了聪慧的富家子弟朱锐，在云湖演绎了一出郎才女貌的现代版佳话。应该说，范敏与朱锐的结合，让云湖的少男少女有了不安分的梦想。云湖的女孩们都做着这样的梦：有一天有一个像朱锐一样的既有钱又有学识且外表英俊的男子会从湖的另一边驱船而来与自己不期而遇；男孩子们不做梦，他们只是幻想，他们心中长出了野心，他们狂野的内心幻想着自己一番打拼后，能像朱锐那样迎娶范敏这样的白雪公主，演一出王子与公主的童话。
　　事实上，新婚的朱锐和范敏虽然没有少男少女们想象的那么浪漫，但却是幸福的。范敏虽然成了董事长的儿媳，但依旧是化工公司一名普普通通的化验员，做着一些化工厂寻寻常常的事。朱锐虽然承担着比范敏的工作更重要的管理工作，但公司的一切终归还是做董事长的父亲说了算，所以也不能痛快淋漓地施展才华。这样，小两口都忙里偷闲地把精力放到家庭生活中来了。男欢女爱，酒一样让人沉醉。但再好的美酒，喝多了也就会乏味如水。朱锐与范敏的婚姻生活，跟大多数普通人一样，进入了寻常的轨道。平平淡淡，不温不火，按部就班。但这一切并没让范敏觉得有什么变化，她想真实的生活就该这样。

朱锐的注意力在经过新婚的新奇与浓烈后，渐渐地转向了权力。朱锐海外归来，给一直跟父亲鞍前马后的哥哥带来了压力。事实上，自从朱锐归来后，朱总就有意无意地冷落了紧紧跟随他的大儿子。受了冷落又倍感压力的哥哥，开始把心中的怨气压在心里，憋足了劲要跟弟弟一比高低。哥哥许多场合都明目张胆地挑衅朱锐，但朱锐都忍了过去。他知道忍是对付哥哥最好的绝招，能忍才有韧性，才能长久。但哥哥却把朱锐的忍耐当做了怯懦，显得更加肆无忌惮。

一切都被做父亲的朱总看在眼里，但他不言语，不表态，他想看这场争斗的胜负，但他不想做裁判，只想做旁观者。对他来说，两个儿子谁继承自己的衣钵他都放心不下，他唯一可做的是在其中选择更优秀的那位。在他看来，胜利者才是优秀的。当然，在内心深处，他更喜欢自己的小儿子朱锐，但让他掌云湖集团的舵，他下不了这个决心。原因是他看到了自己小儿子的弱点。

这个弱点在朱总看来对做企业的舵手是致命的。

大儿子下得狠，真要让他去杀人，他怕连眼都不会眨一下。但大儿子太鲁莽，有勇无谋，缺乏智慧。对于一个企业来说，过分的鲁莽同样是有害的。

斗争对于男人来说，从来都是有吸引力的，哪怕是煮豆燃萁的兄弟相残。朱锐要跟哥哥一决高下，自然也就顾不了范敏。范敏下班后就常守空房，心中生出些寂寞来了。最初总往娘家跑，但看着父亲和哥哥病入膏肓，寂寞中就又添了份伤痛。后来哥哥和父亲相继投湖死去，她的寂寞，就像是云湖水一样，被悲哀的雾幔笼罩了。

范敏变得沉默寡言。但在别的工友们眼里，范敏是越发宁静安详了，都夸说做少妇的范敏比做少女的范敏还要美丽。但朱锐实在没闲暇来欣赏这少妇之美了，寂寞地如花开放的范敏只能靠看杂志、电视打发无聊的光阴。

范敏什么杂志都看，就是专业性很强的杂志，她也会从公司带回来，慢慢地看。许多专业方面的杂志她根本看不懂，但看不懂没关系，因为她不是为懂得而看，她是为了消磨光阴。

这杂七杂八地看，没想就有了重大发现。有一天，在看一本环保方面的杂志时，她看到了一篇文章。

那是介绍日本化工对日本海洋环境造成严重污染的文章。文章的标题叫《自杀猫》，讲的是日本熊本县有一个叫水俣湾的地方，在一九五六年时发生的小猫跳海自杀事件。

看着《自杀猫》这个标题，范敏就像被电击了一下。

那篇文章所写的自杀猫，跟云湖自杀的白猫何其相像。那种被称为"猫舞蹈症"的疾病，表现特征跟过去云湖白猫的表现简直就是一模一样，一样是抽搐，一样是步态不稳，一样是选择了自杀，唯一细小的不同是：日本水俣的猫跳了海，而中国云湖的猫投了湖。

文章导引着范敏往后看，那水俣人患的怪病，跟自己的父亲、哥哥害的怪病何其相似。文章说，所有的患者脑中枢都出了问题，轻的口齿不清、步履蹒跚，重的精神失常，身体扭曲变形，痛苦不堪。这些特征，范敏在父亲身上，哥哥身上，都曾亲眼目睹过。

文章说，这种"怪病"，罪魁祸首就是水银。范敏不明白，这水银来自哪里？是怎么进入了猫和人的身体？

文章告诉她，水银来自水俣湾的新日本氮肥公司。该公司以生产氯乙烯闻名。

范敏这次简直是五雷轰顶，因为她知道，云湖化工公司主要生产的也是氯乙烯！

天哪！一切仿佛都是日本故事的中文翻版！

由于工厂在生产氯乙烯时要用水银作为催化剂，这就不可避免地在排放的废水中含有大量的水银，没有经过任何处理的污水排入了海洋，污染了鱼类和海产品，这些鱼类和海产品又通过食物进入动物和人体，导致了疾病的产生。这种病正是因为最早出现在日本水俣，被称做"水俣病"。

难道那些自杀的白猫，那些渔民，还有自己的父亲和哥哥，患的也是这种"水俣病"？！

震惊之余的范敏，马上去云湖边取了水样，进行了化验。水中水银的含量让她目瞪口呆。

——一切，都是水银惹的祸！

惊人的发现让她激动了一阵，继而情绪变得复杂起来。作为朱锐的妻子、朱总的儿媳，她知道这对朱氏产业将带来巨大的影响，她不想被人们骂做"丧门星"；但作为范波的女儿、小涛的妹妹，这被水银严重污染的湖水夺去了她两个亲人的生命，又让她无法做"沉默的羔羊"。

那天，她的思绪变得异常复杂，第一次主动打电话给朱锐，让他快回家。匆匆赶回的朱锐在听了范敏的话后，脸上顿时泛起了惊恐的表情。

我得马上给父亲汇报。朱锐话音未落，人就奔出门去。范敏听到了朱锐启动汽车的声音，朱锐的着急让她心里有些许安慰，范敏想，一个男人就该这样。

朱锐带着急迫的心情找到父亲朱总。他用急切的语速说了范敏的发现。朱锐以为，父亲会震惊得从沙发上蹦起来。

但父亲却异乎寻常地平静。他耷拉着眼皮，坐在高靠背沙发上，有精无采地玩弄他手中的一支上海牌铅笔。

爸，这该怎么办呀？朱锐着急地问道。

父亲翻了一下眼皮，面无表情地反问道，你说怎么办？

父亲的问话一时间难住了朱锐。犹豫了一会儿后，朱锐把父亲的问话理解为对他处理复杂问题的一种考验。他用手拂了拂因急迫而凌乱了的前额的头发说：首先，停产。其次，整治，尽快安排净化水银的设备。再次……

再次？再次怎样？是向社会公布，还是上报环保局？朱总的目光突然变得像剑一样既冷又尖锐。

朱锐再次被问住了。

朱锐看着父亲不再把玩铅笔，而是用铅笔把锃亮的办公桌戳得咚咚响。

小子，当家才知盐米贵。你小子没当过家，说话轻巧得很。我告诉你，安排一套净化设备，半辈子也挣不回那成本来。向社会公布，那你等着被云湖的老百姓把我老朱全家撕吃了吧。上报环保局，你等着被赔得倾家荡产。我几十年的打拼，付之东流不说，还要留个骂名给后人做反面教材。

父亲头头是道的分析让朱锐更加没有了主张。

那没办法了？朱锐泄气道。

我说过没有办法了吗？朱锐看到父亲说这话时，脸上露出一种恨铁不成钢似的轻蔑。父亲停顿了一下。父亲说话总喜欢停顿，这已经成了他的习惯，他用停顿来表现自己的稳健和威严。父亲停顿了一下接着道，朱锐，我是想告诉你，没什么首先和其次，更没什么再次，办法很简单，而且就一个，封住你老婆的嘴！

这——朱锐有些为难起来。

为难了不是？朱总又敲了敲办公桌面说，在这方面，你差你哥远了。你哥，从来都把女人当衣服！想穿就穿，想脱就脱，绝不儿女情长。你是留洋的博士，大道理应该比我会讲，你要让她明白，她是朱家的媳妇，维护朱家的利益是她的责任，因为这利益中也有她的份额。

朱锐犹豫一下说，爸，我就怕说服不了范敏。你想想，这要命的水银还夺走了她父亲和哥哥的命。爸……

这时朱锐看见一直耷拉着头的父亲眼睛突然瞪大了，他一巴掌拍在了桌子上。看得出来，他非常愤怒，巴掌击打桌面的声音着实吓了朱锐一跳。

小子！你的意思，老子成了杀人犯了？这水银污染湖水，我也是现在才知道，不知者不为过嘛。范敏是失去了亲人，但范敏高攀上了我朱家，她还是幸运的嘛。至少比没攀上我老朱家又死了人的人家幸运嘛。你工作都没做，咋知道说服不了范敏？朱锐呀，有些时候，女人比男人知道孰轻孰重！

朱总说到这里，不耐烦地挥了挥手。

朱锐知道，父亲是心烦了，撵自己走，就知趣地退出去了。

第十四章　不做沉默羔羊

范敏怎么也没想到，朱锐回到家，竟然要求她保持沉默，把云湖水银污染的事当做秘密。

你必须让它烂在心里。朱锐说。

在范敏听来，丈夫的话更像是警告。

范敏的内心失望极了，她没有想到，先前听到云湖水银污染时着急而惊恐的丈夫，此时会这样要求她，要她把人命关天的事，当做秘密烂在心里。

朱锐！范敏摇摇头又叹叹气说，朱锐，你为何不说服你的父亲，让他停止生产，停止污染？这你是可以做到的！

朱锐说，范敏，我说服不了，我也做不到。范敏，为了我们朱家，你应该做出牺牲。知道吗，牺牲。你作为朱家的儿媳，朱家的产业也是你的产业，朱家的荣耀也是你的荣耀！

朱锐的话让范敏吃惊地张大了嘴。她没有想到，自己丈夫的口中，竟然说出了这样的话！范敏眯着眼看着眼前的丈夫，觉得这个男人是这样的陌生和卑鄙。

牺牲？范敏坚定地摇了摇头说，牺牲，我做不到。我只知道，在这水银污染的事件中，我已牺牲了两个亲人的生命！

听了范敏的话，朱锐急得直跺脚。他走到范敏身边，将她搂到怀里尽量温和地说，范敏，无论是岳父和大舅哥，他们的死都让我难过，但这是意外。如果我知道会这样，我定会全力阻止他们去钓鱼、吃鱼。但人死不能复生，我想他们如有在天之灵，他们一定希望你我过得好。你想想，范敏，这水银污染云湖的消息要是泄露出去，云湖集团会是个什么后果？

范敏从朱锐怀里挣脱出来，仰了头问朱锐，朱锐，如果我们保守了这个水银污染云湖的秘密，对于云湖来说，又会是一个什么后果呢？

朱锐没有吭声。

范敏瞅一眼朱锐，突然噌地站了起来。

朱锐，我告诉你！这个后果不仅非常严重，而且非常惨烈，这云湖还会有许多像我父亲、哥哥那样的人，被病痛折磨而死。我要保守了秘密，那我是什么人？朱锐，我会觉得我是凶手！知道吗，凶手！

朱锐也站了起来，他冲范敏吼道，范敏，你这样歇斯底里干什么？难道我是凶手不成？

范敏见朱锐这样说话，气得浑身颤抖不止，她咬咬牙，手指朱锐说，如果你保守秘密，你就是凶手！

朱锐瘫在了沙发上，一脸无奈的他，冲范敏摆摆手说，你有能耐，你去找老头子，让他停产，让他开新闻发布会，向媒体宣告，云湖化工公司污染了云湖。

范敏这时已经变成了一个斗士，她一甩头发说，去就去，我不入地狱，谁入地狱？亏你还是个男人！

范敏说完，扭头冲进房间，砰地关了卧室的门……

范敏第二天一早就真去找了朱总。

朱锐没有去上班，他独自驾车在云湖边漫无目的地开。云湖已经失去了过去的湛蓝，鳞次栉比的工厂，已经把这个可怜的高原湖团团包围。

工业对环境的破坏，这个曾留过洋的工学硕士并非一无所知，但眼前的景象还是让他触目惊心。他停下车,在湖边呆呆地站了一阵,湖风吹来,掠过他的面颊,他的鼻孔里有了一股比鱼腥味还要难闻的异味。

这时他想到了妻子范敏,想到了她的愤怒,他似乎有些理解她的愤怒了。是的,保守秘密就是凶手,就是犯罪。此时他看见了渔船,清晨的阳光中撒网的渔夫与湖面构成了一幅美丽的风景,这时他是那么急切地希望,这个打鱼的渔夫,拉起来的是一个空网。他心里是那么盼望着他空船而归。

这也许就是自己的懦弱,是强悍的父亲最痛恨的地方。但视而不见,毫无半点怜悯就是坚强吗?

作为一个知识分子,作为一个受过良好教育见过世面的人,他想站在妻子范敏这边;但作为云湖集团老总的儿子,一个可能的继承人,他又充满理性地认为,自己必须站在父亲的立场上。是啊,如果人们都知道,给云湖带来灾难的罪魁祸首是云湖集团麾下的化工公司,那么,云湖集团就必然面临大厦倾覆的厄运。

这是朱氏家族的灭顶之灾!

这样的念头电击一样,让他浑身上下都充满了恐惧。在拯救云湖和拯救云湖集团的两难选择中,朱锐明白,自己责无旁贷,必须选择后者。

这样一想,他有些理解过去在他看来专横的父亲了。在以往,他听父亲说,作为一个企业家,必须要有点狼性。

这该就是狼性吧?朱锐皱了眉头想。

这时父亲的电话打过来了。朱锐打开手机,听到父亲不满的声音,朱锐,你是怎么做范敏工作的?她居然冲进我办公室了。

朱锐说,她找你干什么?

父亲说,还能干什么?她要我公布真相。

朱锐问,爸,你咋给她说呢?

父亲说,我告诉她,没有真相。真正的真相是,你的妻子她疯了。

她不是疯了，她是过于激动。朱锐解释说。

这时手机里突然响起了父亲的咆哮，朱锐，你的妻子范敏她疯了，她真的疯了！而且我要告诉你，从现在开始，你必须认为她真的疯了。我现在已经叫保安控制住了她，正在托人联系精神病院。

父亲的话让朱锐一下傻了。

过了好半天，朱锐才喃喃地道，爸，你不能这样。爸，你真的不能这样！

朱锐边说边冲进轿车，一轰油门往云湖集团总部赶去。

总部跟往常一样，平静而井然有序。

守门的陈老头看着朱锐，边摇头边叹气说，那么漂亮的媳妇，咋就让她疯了呢？

朱锐厉声问陈老头，谁告诉你我媳妇疯啦？

陈老头瘪了瘪嘴说，小朱总，咋那么嘴硬呢，人都被车送精神病院了，还不承认？

听陈老头这么说，朱锐就转过身去，想启动已经停在车位上的轿车，去追那辆拉了范敏的车，但他看见了两个高大而表情严峻的保安。他们其中一个说，小朱总，朱总让你去他办公室。

朱锐满脑怒火地冲向他父亲朱总的办公室。

办公室里，朱总正襟危坐在他的高靠背椅上，他显然是早准备好等他的儿子了！

爸，你咋能把一个好端端的人送精神病院呢？冲进办公室的朱锐大声责问道。

朱总依旧像从前一样，手捏一支上海牌铅笔。他用铅笔敲了一下桌面说，朱锐，我已经正告过你，那个叫范敏的女人疯了。

朱锐看着冷若冰霜的父亲，痛苦地摇了摇头说，爸，范敏是你的儿媳呀！

朱总冷冷地对自己的儿子朱锐说，朱锐，你记好了，凡是危害了云湖集团生存发展的人，哪怕是我的亲儿子，都是我朱家的敌人!

听了父亲的话,朱锐心中一阵发冷,他叹了一口气问,爸,你这样做,不觉得过分吗?

朱总又用铅笔敲了一下桌面,依旧冷冷道,不,是她太过分了!儿子,范敏从今天起,不再是你的妻子,法院会很快为你办理好离婚手续。

朱总说到这里,冲朱锐挥挥手,示意朱锐可以走了。

朱锐真的就垂头丧气走了。低垂了头走出门去的他,觉得自己窝囊极了。

第十五章　注定不是对手

作为一个信访局长，李民生听说了太多的不平甚至是充满了冤屈的故事。但像把正常人强行送进精神病院这样的故事，信访局长李民生还是第一次接触到。对于李民生来说，不仅仅是震惊，他简直就是愤怒了。

还有什么冤屈能比得上这样的冤屈呢？把正常人当成疯子的人，怕才是真正的疯狂。他还明白，在利益的驱动下，人性中残忍的那一面，竟会被如此推向极致。

愤怒出斗士。李民生下定了决心，要跟云湖集团这姓朱的老总一搏！

作为一个信访局长，他知道他必须核实上访人的所有材料，将材料变成证据，才能站在公正的立场上，替上访者奔走呼号，伸张正义。

他在云湖里取了水样，想把它带回去做一次化验，以证明云湖水银污染的确切性。但当他回到市里，才知道自己的所作所为徒劳了。环保部门的人告诉他，这湖水里污染的严重程度他们早已掌握，不仅是水银污染，还有磷及其他工业和生活垃圾的污染。环保部门的人告诉李民生，说他们的困难，就是找不到元凶，湖畔所有的企业，过去都可以说是云湖污染的元凶。法不责众，环保部门能够做的，就是关停减排，而这一切，环保部门已经在前几年就开始紧锣密鼓做起来了。

李民生问环保部门的人，像云湖集团这样严重污染的企业，环保执法部门该咋办？

环保部门的人告诉李民生说，李局长，你错了，云湖集团并不是一个重污染企业。

环保部门的结论让李民生纳闷了。他问，云湖化工公司这样造成云湖严重水银污染的企业，难道还不是重污染企业？

环保部门的人纠正李民生说，云湖化工公司早已不属于云湖集团，六七年前就被云湖集团低价卖给了浙江的投资商了。而且，云湖化工公司现在已经不生产氯乙烯，它的化工废水已经安装了净化设备，完全符合国家的排放标准了。

这完全在李民生意料之外。

事实上，云湖集团的朱总在把范敏送进精神病院后，就打起了卖掉云湖化工公司、争取金蝉脱壳的主意。他比谁都明白，纸是包不住火的，总有一天，不是范敏，就是王敏、李敏会发现水银污染的事实，到那个时候，云湖集团就处境尴尬了。当然，促使朱总卖掉云湖化工公司的另一动因，是在范敏被送进精神病院后，化工界曾组织了一次对日本的考察，应该说，那次考察触动了他。

在那次考察中，朱总接触到了一个人，据说此人曾是江头丰的秘书。江头丰何许人也？他是皇太子妃小和田雅子的外祖父，是那个造成日本水俣水银污染的新日本氮肥公司的总裁。水银污染造成的水俣病是日本环境史上最沉痛的一笔，让日本人无法忘记。所以，当小和田雅子嫁给皇太子时，许多人都发出了反对的声音。他的秘书在给朱总一行讲述这一切时，沉痛地说道，晚年的江头丰，一直对自己早年不承认公司对水俣病负有责任后悔不已，特别是对他对待水俣病患者的粗暴行为，一直充满了深深的自责和内疚。

站出来反对小和田雅子跟皇太子结婚的人的一句话深深地刺痛了江头丰，江头丰过去的秘书这样对朱总一行说。急不可待的朱总问江头丰过去的秘书，一句什么话会如此厉害？

江头丰过去的秘书推了推眼镜说，皇太子妃有这样的外祖父，损害了皇室的形象！

那时，朱总改变了让朱锐来继承自己做朱氏产业领袖的计划，他有了更大的政治野心，那就是要把朱锐推向政坛，让他成为一颗政坛新星。而这个想法，完全是源于他跟朋友的一次闲谈。那个朋友告诉朱总，仅仅暴富是不够的，富不过是成功中一个低的层次，贵才是目的。所以古人造词说一个人的成功，就叫富贵。由富而贵，才是正途。而要贵，就必须手中握有权力，而手中要握有权力，就得出将入仕。这是和平年代，出将没有意义，重要的是入仕，说得通俗点，就是为官。

朋友的话对朱总来说可谓醍醐灌顶，让他茅塞顿开。他经过多方奔走、疏通，花了不少钱，让朱锐一步成为了云湖开发区管委会的副主任。在他来日本之前，市里正考虑安排朱锐到一个县去做代理县长，参加下一届换届的县长选举。江头丰秘书的一番话警醒了他，他想，万一哪一天朱锐有机会飞黄腾达，却因自己公司水银污染的事误其前程，那就太不合算了。

人无远虑，必有近忧。回国后的朱总第一件事就是要实现自己的金蝉脱壳。他开出的云湖化工公司的出卖价让人大跌眼镜，都以为向来精明的朱总终于犯下了愚蠢的错误……

现在，只有李民生清楚，自己的对手是何其了得。李民生还没出拳，已经明白知道自己失去了目标。

李民生不得不打心里佩服这朱总的棋高一着。在李民生心里，一个恶魔如果再拥有智慧，他的危害性会成几何倍数增加。

李民生决定去见范敏。这个他从未谋过面的女人过去让他同情，而今让他充满敬意。她能在既凶残无比又老谋深算的朱总面前选择大义，这需要何等的勇气！

李民生打电话给老刘，要老刘送他去市精神病院。

　　老刘开车赶来，李民生拉开三菱越野车的车门，就一屁股坐到副驾驶的位子上。

　　老刘嬉笑道，李局，去第二监狱干什么呀？

　　什么第二监狱？李民生显然对老刘粗心到竟然听错了要去的地方而不满，瞪一眼老刘纠正道，我是要你送我去市精神病院。

　　老刘说，人们都把市精神病院叫第二监狱。

　　李民生说，老刘，你胡扯些什么呀，精神病院与监狱，风马牛不相及嘛。

　　老刘瘪了瘪嘴，一边开车一边说，李局，这你就不知道了。你听老百姓背地里咋说？监狱可以蹲，这精神病院万万进不得。那些医生惩罚起病人来，比警察对犯人还狠！

　　有这种事？

　　我老丈人家那小区，有个王姓人家，儿子高考没考好，压力过大疯了，送进精神病院不到一个月，肋骨断了三根。老刘有根有据道。

　　你是说医生把患者肋骨打断了三根？李民生吃惊地问道。

　　人家医生不承认，说是病人自己用木棒打的。老刘说。

　　自己咋打得断自己三根肋骨？李民生不相信地摇头说。

　　人家家属不相信，后来医院方又改了口，说是其他患者打的。疯子打疯子，你找谁对证去？

　　老刘的话让李民生将信将疑。

　　市精神病院在市区西南郊，路有些坑洼不平。李民生示意老刘专心开车。但老刘被好奇心驱使，照旧开口问道，李局，去精神病院干啥？难道还有疯子上访的不成？

　　李民生点了点头说，你说对了，我们今天就是要去见一个上访的精神病患者。

　　老刘不解道，局长，上访都上成精神病了你还去见？疯子的话当不了证据。

李民生看了看前方说，老刘，她不是上访上成了精神病，她是坚持真理，揭露事件真相，被人强行送进精神病院的。

老刘总算明白了个大概，他轰了油门说，那个强行把揭露他的人送进精神病院的人才是真正的疯子。

李民生表示赞同地点点头。

老刘说，这精神病院胆子也太大了，正常人也敢接收？

这也正是困惑李民生的问题。

车子颠簸了一阵，来到一座树木葱茏的小山前。山下，有一排红墙围成的大院子，锈迹斑斑的铁门紧锁着。

市精神病院到了。老刘在铁门前停下车，指指紧闭的铁门对李民生说。他按了几声喇叭，没有人开门，就拉开车门，去拍打铁门。

好一阵后，一个头戴白帽子的人阴沉着脸打开铁门，冲老刘吼道：你疯啦，砸门干啥？你难道不会按门铃？

老刘说，门铃在哪？我找过的，没有呀！

那人搔了搔白帽子说，我忘了这门没装门铃。

第十六章　不疯也得疯

这个让老刘哭笑不得的守门人,并没有让老刘和李民生进到精神病院去。他砰地一声又关了门。老刘急得拍门道,你咋啦?咋又把门关啦?

门里传来守门人的声音,我得请示院领导,你们等一下好了。

李民生下车来,发了支烟给老刘,让他别着急。这时,院子里传来一阵尖利而痛苦的哭叫声。

老刘吸了一口烟对李民生说,李局,我没说错吧,医生又在打病人了。

不一会儿,关上的大铁门又打开了,门口立着一个穿白大褂的蓄了一脸络腮胡的医生。他的表情相当严肃,一副拒人于千里之外的样子。守门人谦恭地介绍,这是我们的苏院长。

苏院长。李民生招呼道。

被称做苏院长的医生警惕地看了一眼停在李民生身后的三菱越野车,然后问道,你们来精神病院有什么事?

李民生说,我们找一个叫范敏的人。

李民生看见,苏院长在听到范敏这个名字时惊了一下,但他马上镇定住了。

你们是范敏的什么人?苏院长问。

这时站在一旁的老刘答了话,他指指李民生说,我们是市信访局的,这是我们的李局长。

老刘的话让苏院长铁板一样的脸堆上一层阿谀的笑意。他说,原来是信访局的领导,失敬,失敬。

他边说边弓下了身子,做出一个谦恭的欢迎姿势。

李民生和老刘阔步进了大门。

苏院长领着李民生和老刘进了院长室,招呼李民生和老刘在沙发上坐定,就忙着去给他们倒茶。

待李民生和老刘手中都捧着一杯热气腾腾的茶时,苏院长问道,你们找范敏干什么?

李民生说,了解一点情况。

苏院长一脸为难道,不瞒领导说,这范敏病得厉害,不能再受外界刺激。

李民生话里有话地说,我知道她病得厉害,要不,也不会在精神病院一住十几年。

苏院长问,你们征得她家属同意了吗?

老刘有些不高兴道,我们是执行公务。信访局长了解上访人情况,还要征求家属意见?

李民生没想到老刘竟然和盘托出了他们的来意,他责备地盯了老刘一眼,对苏院长说,院长关心病人,我们理解,但我确实有些话得要问问她。

一个疯……苏院长自知口误,脸上有了尴尬之色,但随即改口道,李局长,一个精神病人的话是不准数的。

李民生笑道,随便问问嘛,准数不准数,无所谓了。

话说到这个份上,苏院长极不乐意地带了李民生和老刘去见范敏。

病区里,好一片热闹的景象。

有病人坐在大树下痛哭,边哭边撕扯一把鸡毛掸子;在一道铁栅栏里,关着一个性情狂躁的病人,他见李民生和老刘过来,冲他们挥舞着拳头，嘴里大喊，打死他，打死他！在病区的花坛上，一个病人爬上了假山，坐在石头上不停地笑。他边笑边指着李民生和老刘说，你们是猪八戒，我是孙悟空。说出这句话时，他不知哪来的快乐，竟然爆笑开来。苏院长见他这样，咳嗽了一声，那病人一下子就止住了笑，猴子一样迅捷地下了假山，风一样跑回了病房。李民生刚把目光从那大笑的病人身上收回，就看见迎面走来了一队人。前面的是医生，瘦高个的他佝偻着身子，反剪着手，脖子向前伸，活像一只鹅。病人也学着他的样子，佝偻着身子，反剪着手，伸长着脖子。

局长，他们多像一群鹅。老刘说。

李民生没有吭声。

苏院长把李民生和老刘带到了女病人病区。在女病人病区，一个女医生正在体罚她的女病人。那个站在女医生对面披头散发的女病人，不知怎么引起了女医生的不满。在亮丽的阳光下，女医生让女病人自己扇自己的耳光。响亮的耳光声此起彼伏。李民生看了一眼苏院长，苏院长紧张得抹了一把额头上的汗，随即又咳嗽了一声。

咳嗽声让女医生惊恐地回过头来。女医生看到苏院长，就对苏院长抱怨，说这女疯子用石块打破了她办公室的玻璃。那女医生说到这里，情绪突然高了起来，她冲苏院长嚷道，她恨我，她成心要谋害我！

在李民生眼里，这女医生更像一个精神病患者。

苏院长又咳嗽一声，制止了女医生的大喊大叫，并示意她把女病人带回病房去。

苏院长带着李民生和老刘来到了范敏的病房。这时，又一个女医生满脸堆笑地走过来，对苏院长说，13号病人刚注射了药，现在睡了。

李民生抬头一看，这病房正好是13号。病房里，一个女病人低垂了头，斜靠在桌沿，沉沉地睡着了，这睡着的女病人，口中还不停地流着涎水。

苏院长说，这就是范敏。

李民生怎么也无法把他听说的美人范敏跟眼前这个女病人联系起来，在李民生眼前，体态臃肿的她活像一只充足了气的皮球。

苏院长努努嘴，示意女医生把病房门打开。女医生转身，小跑着去拿病房的钥匙。不一会儿她提着一串钥匙小跑过来，那钥匙相互碰触的声响像风铃一样悦耳动听。

女医生轻车熟路地打开了13号病房，苏院长又吩咐女医生道，把病人叫醒。

女医生就走上前去，用劲去推搡范敏，边推搡边喊道，13号，嗯，13号，醒醒！你装死呀？

范敏被女医生推醒了，睡眼惺忪的她一边揉眼睛一边嘿嘿地笑道，你猜我梦到什么啦？嘿嘿，你猜。

苏院长又咳嗽了一声。

咳嗽声犹如电击，范敏身子一抖，恐惧地睁开了眼睛。

李民生看到，眼前的范敏浮肿、憔悴而又紧张。

这是市里的领导，他要找你了解情况。苏院长指指李民生对范敏说。

我是市信访局局长李民生。李民生自我介绍道。

范敏一脸茫然地看着李民生。

苏院长说，13号，你听好了，领导问你啥，你就答啥，可不准乱说。

李民生说，范敏，你的上访材料我看了。

范敏听了李民生的话，又抬头看了一眼苏院长，她怯怯的目光看到的却是苏院长刀子一样尖锐的目光。

不……不……我没上访，没上访。范敏惊慌地矢口否认道。

苏院长说，李局长，是不是搞错了？她病得不轻，怎么还可能写上访材料？

李民生没有理会苏院长，他目光专注地盯着范敏问，你反映的云湖水银污染事件，市里领导很重视。

但李民生看到的是范敏的一脸茫然。她问，水银？什么水银？你说的银子，我没有。

她边说边把她上衣空空的口袋翻了过来。

李民生平静地看着这一切，突然说道，范敏，你妈妈很想你！

范敏愣了一下，就问道，妈妈，妈妈在哪里？你是……

她用手指着李民生，仿佛是在回忆什么。突然，她咯咯地笑了起来，那笑声显得很开心，她说，我想起你是谁了，你是朱锐！

她边说边站了起来，一头扑到李民生怀里，胖胖的拳头捶打着李民生的胸膛，就呜呜地哭起来了——

朱锐，你终于来了，我还以为你不要我了。朱锐，你带我回家吧，我不喜欢这里，不喜欢！

苏院长将范敏从李民生怀里拉开，示意一旁的女医生让范敏安静。苏院长摊摊手，一脸抱歉地对李民生说，真对不住领导了，我说过的，她病得不轻，病得不轻。

李民生叹了一口气，就失望地转身离开了。跟在他后面的老刘问道，朱锐是谁？

她的丈夫。李民生回答说。

老刘问，是那个当了兰城区委书记的朱锐吗？

这下轮到李民生不高兴了，他厉声道，老刘，你怎么那么多废话呀？

李民生大步往前走，苏院长和老刘就小跑着在身后追。

李民生就这样径直走到精神病院的大门口。他头也不回，凝视着铅灰色的大铁门问苏院长道，据知情人反映，这范敏被送进精神病院时没疯。

这……苏院长擦擦汗说，这……不可能吧，她没疯，来精神病院干吗？

李民生突然转过头来问，苏院长，你真的一点也不知道？

苏院长跺了一下脚说，李局长，这事你得去问退了休的院长廖医生,当时范敏是他接收下的,我那时还是一般医生,情况不清楚。李局长,那是十多年前的事了,你咋还感兴趣?

李民生没有回答,他冲苏院长挥了挥手,算是告别,就转身上了三菱越野车。

上了车的李民生沮丧极了,他自顾摸出一支烟,燃上猛吸了两口,随即,又烦躁地将烟头扔到了窗外。

老刘小声问,局长,下面去哪?

回家。李民生嘴里蹦出这两个字,就耷拉下了眼皮,任老刘把越野车在凸凹不平的路上开得跳跃不止。

第十七章　青涩之果

　　这恐怕是李民生自从当信访局长以来第一次在下班前回家。所以,当他打开门时,让正在家忙活的耿莲惊讶不已。

　　李民生放下公文包,就凑上前去帮耿莲择菜,但却被耿莲拒绝了。耿莲说,今天太阳从西边出来了。李民生,你肯定在外面干了对不起我的坏事。

　　李民生明白,耿莲的话三分开玩笑,七分是认真的。就说,耿莲,你这一天也没准时上下班的人,咋就容不得别人一天提前下班呢?我今天确实觉得对不住人,但那人不是你。

　　听李民生这么说,耿莲就停下了手中的活计说,李民生,那人是谁?

　　李民生说,准确地说,不是一个人,是一对母女。

　　这下轮到耿莲云里雾里了。耿莲说,李民生,别跟我捉迷藏,你是不是在外面养小的了?

　　李民生一听耿莲这话,气就不打一处来了。李民生说,耿莲,你那心胸,咋就容不下一个"女"字呢?养什么小?我李民生一个月的工资下来,哪次不是如数上缴?我就真想养小,也没这个经济能力。我说的是上访者。

　　于是李民生把鲁馨予和范敏母女的遭遇给耿莲说了。

耿莲听了李民生的陈述,眉头也皱紧了。她说,民生,这事不简单嘞!你想想,这范敏既然疯了,一个疯子的话是当不得证据的。再说了,这事已经过去了十几年,你说人家云湖化工污染了云湖,这云湖周边的工厂企业,哪家没污染过?法不责众。就算云湖化工水银污染属实,你也奈何不了人家。云湖化工是政府批准建的,生产氯乙烯政府管理部门也是审批同意的,要说责任,主要在政府一边。难道你这政府的信访局长,要帮上访人告政府不成?

李民生说,政府有错,政府违法,照样可以告。

耿莲啧啧称奇,说,李民生,我没把你看出来,没想到连组织也没把你看出来。李民生,你端谁的碗?你端的可是政府的碗哦。

李民生不想跟耿莲理论,他退到沙发上去,用遥控板打开电视,刚好是兰城市电视台的频道。电视里正在播一个环保专题,市环保局长正在电视里掰着指头细数他的所谓九大环保战略。

环保局长谈到了云湖,他用了一个形象的比喻,把云湖比喻为兰城市人的母亲湖。想到云湖受到的污染,李民生觉得环保局长这个比喻充满了黑色幽默。他想,儿子怎么可以往母亲身上泼脏水,随意糟践母亲呢?这样的儿子怕是孽子吧!

环保局长说,他当这届环保局长,一个主要任务就是要让云湖的水变清变蓝,要恢复过去那种天上走着白云、地上站满绿树、水中漾着碧波的美好景象。

耿莲也一边做活一边在听电视。她听到这里,也忍不住笑出声来了。她对李民生说,人家也是一个处级干部,说的比唱的还好听,哪像你李民生,丧门星一个。

李民生说,我要真变成他,你恐怕又要说我虚伪了。

耿莲就笑了。她笑了一阵后从厨房出来,给李民生的茶杯里续开水。她一边往李民生的飘逸杯里续水一边说,民生,这普洱茶,我听人说,水越开,泡的茶越好喝。

李民生就从茶盘里取了个茶杯，要给耿莲倒一杯，但耿莲摆摆手拒绝了。她说，我可没你这点闲心，我操心着我家娇娇呢，这做爹的跟做妈的不一样。

李民生呷一口茶问，娇娇怎么了？

耿莲说，我今天买菜的时候，碰到她的班主任了。她班主任对我说，娇娇上课不太专心，有精无神的。

李民生安慰耿莲说，孩子在上中学，压力肯定大，功课又多，不容易。她周末回来你别数落她，多鼓励才是。

耿莲说，谁不知道中学生功课多压力大？我是怕她心思都花在恋爱上，把自己误了。

李民生说，恋爱的事，我这个周末找她谈谈，至少要让她树立正确的恋爱观。恋爱这东西，家长一味阻拦不行，重要的是引导、沟通。

耿莲瘪了下嘴说，别在我面前光讲大道理，孩子的事，你得马上拿出行动来。上访的人你都可以忽悠，还对付不了一个孩子？

耿莲的话让李民生很不舒服，他站起身来，手指着耿莲说，耿莲，你什么意思？那哪是忽悠？那是做思想工作。你呀你，真不像话，竟然把我们的信访工作说成忽悠。忽悠，那是赵本山他们的本事，我可学不会。

耿莲做好晚饭，把菜端到李民生面前的茶几上。夫妻俩就这样一边吃饭一边看电视。

这时，门铃响了，耿莲打开门，见一个蓬头垢面的人拿着一面锦旗，怯怯地站在门口。

耿莲问，你找谁？

那人回答说，我找李局长。

李民生听说找自己，就站了起来，走到门口一看是黄云山，兰城市的一位有名的"老上访"。

要是平时，李民生很反感上访者登门，但今天见了黄云山却特别高兴。他看着黄云山手中的锦旗笑道，我又不是江湖郎中，你送锦旗给我做啥？

黄云山手捧锦旗，鞠了一个九十度的躬，对李民生说，李局长，你比江湖郎中厉害多了，不仅还了我公道，还医好了我的心病。要不，我再像过去一样上访下去，不成精神病才怪。

黄云山边说边将锦旗递到了李民生手上，那锦旗上写着：

金杯银杯不如百姓口碑
金奖银奖不如百姓夸奖
——敬赠上访人的好局长李民生

李民生一看这锦旗就乐了，他对黄云山说，没想你犟牛一条，还懂得拍马屁。这第一句有百姓了，第二句该把百姓二字改成老婆。我这信访局长，上访人口碑还抵不上老婆夸奖哩。

耿莲见李民生的得意是成心做给她看的，现在又拿这话招惹自己，就嗔道，李民生，人家咋才说你胖，你就喘了呢？你是好局长坏局长不关我的事，我关心的是你是不是个好丈夫。

黄云山说，嫂子此言差矣，李局长当好一个信访局长，他让一个大家庭和谐了，要说丈夫，他该是个伟丈夫。

耿莲瘪瘪嘴说，我家李民生给了你金元宝了，你要这样捧他？

耿莲的话让黄云山哈哈大笑，他说，李局长岂止是给了我金元宝，他还给了我公道哩。要没有他，我不仅矿山被人占去了，还连个说理的地方也没有。我黄云山早在二〇〇〇年就发现了望云山上的白钨矿，并与当地政府签订了投资探采协议。但两年后，当地政府居然又把采矿权转给了云腾公司，干出了一女嫁二夫的勾当。我据理力争，把官司打到法院，得到了公正的判决。我拿着判决书还没高兴几天，你猜咋啦？人家政府把我的矿洞炸封了，还美其名曰整治矿山秩序。我作为承包人，利益受损严重，但人家说，整治矿山秩序是省里的要求，你有本事找省里去。我从那天起踏上了上访路，这一上访就是整整六年。要没有李局长，县委书记能跟我在一张桌子上面谈,听我的疾苦声?我上访六年,家败了,老婆离了,左邻右舍白眼了。我心中那苦水呀,积得都快成海了……

李民生摆摆手说,老黄呀,事实上就是一起补偿争执案,被你说的。不是我说你,今后遇到这样的事,别动不动就去省里喊冤,又劳民伤财,又影响恶劣。给你补偿那八十万元钱,一方面把上访时借别人的钱还了,剩下的拿去做点事,好吗?

黄云山频频点头,他笑道,是该找点事做。我想好了,我要去市郊承包两个鱼塘,搞农家乐。李局长,不怕你笑话,我昨天早上起来,就往包里放衣服,背包背到背上才想起自己的问题解决了,不用再上访了。你说,我这几年,上访都上成习惯了。

黄云山的话,不仅逗笑了李民生,连耿莲也跟着笑了。

送走了黄云山,李民生像喝了美酒一样高兴。他拿着那幅锦旗左看右看。妻子耿莲说,李民生,要不要找颗钉子找把锤子给你,把它挂墙上?

李民生说,怎么不呢?

说着就真的翻箱倒柜找钉子和锤子。

见丈夫动了真格的,耿莲赶忙制止道,这房子我可是花了五万元装修的,你敢钉钉子?李民生,你要破坏了我的装修,看我咋跟你急!你那破锦旗,明天拿到单位,挂你办公室去。土不拉唧的,你不嫌寒酸,我嫌哩。

妻子的话,让李民生心中一片冰凉。

第十八章　请客还是示威

　　李民生在办公室里拆了几封直接写给他的上访信件，就听见了敲门声。从敲门声的节奏，李民生就知道是王小莉。李民生放下手中的信件，冲门口喊了一声，进来！

　　李民生看着王小莉，面无表情地说道，又要请假啦？

　　王小莉主动找李民生，十件事有九件是请假。王小莉工作拖沓马虎，特别是三天打鱼两天晒网的工作态度一度让李民生恼火。

　　李局长，对后进的也不能这种态度嘛。王小莉显然对李民生冷漠的态度有些不满，抢白道，谁说我要请假啦？我没事为啥请假？我热爱信访工作不请假不行吗？

　　李民生不耐烦地摆摆手说，王小莉，你就别在我面前耍贫嘴了，到底有什么事？

　　不是我的事，是局长您的事。王小莉边说边把反剪了手藏在身后的大红请柬拿出来说，刚才一个帅哥拿来的，请你去海悦酒楼吃海鲜哩。

　　李民生接过请柬，有些纳闷说，是哪路神仙，请吃饭还送请柬？

　　王小莉用充满羡慕的语气说，局长，还是你们当领导的安逸，山珍海味有人请。

王小莉的话让李民生更不高兴了，他把还没打开的大红请柬往王小莉手里一塞说，你喜欢，你去！

　　局长，那么牛的公司请客，我可不敢去。王小莉把请柬放在了李民生的办公桌上。

　　什么公司？李民生问。

　　局长，在我们科员面前还装？你想想你跟哪家公司关系好嘛。王小莉一脸怀疑地看着李民生说。

　　我跟所有的公司都没联系，说什么好？李民生边这样对王小莉说边把桌上的请柬拿起来打开了。

　　这下，李民生惊讶的表情就像早晨看到了西边升起的太阳。

　　云湖集团？云湖集团请我？李民生不可思议道，我不认识云湖集团的任何人呀！

　　你不认得人家，人家认得你！谁不晓得你李局长是兰城市的名人呀！王小莉说。

　　去去去，你才是名人嘞！李民生手往外摆了摆，撵王小莉出去。

　　王小莉瘪瘪嘴，转身出了门。

　　摊上这样的员工，真没法子。李民生看了一眼王小莉的背影想。

　　王小莉走后，李民生认真地端详起这请柬来。请柬上说，李民生局长，我集团公司董事长朱正富先生当选为省人大代表，这是我公司的一件大事。为答谢各位领导和社会各界对朱正富先生和云湖集团的大力支持，集团公司在海悦酒楼设宴，望您能拨冗光临。李民生看了一下宴会日期，是明天下午六点。

　　去，还是不去，对于李民生来说，绝对是个问题。

　　李民生知道，自己去精神病院找范敏的事，肯定有人给请柬上说的那位朱正富打了小报告，否则，云湖集团断不会请他这个区区的信访局长。

　　李民生想，这无疑是一场鸿门宴。

既然是场鸿门宴，李民生清楚，自己是非去不可了。何况他也想知道这朱正富先生葫芦里到底在卖什么药。

这样明目张胆地开答谢宴会，怕只有民营企业敢做。李民生想，既然是朱正富先生当选人大代表，答谢的应该是选民，咋请的全是一帮兰城市处级以上的干部？一个宴会厅里，十几桌酒席上，坐的都是兰城市政界有头有脸的人物。

李民生显然是来晚了一点，他进到宴会厅的时候，厅里早已高朋满座了，他甚至找不到自己的位子。服务生过来小声提醒他，桌子上都有嘉宾的名字。

李民生往整个大厅扫了一眼，那张能容二十多人的主桌上，坐的全是副厅级以上的干部。李民生看到了市长、孙副书记、市人大的郑主任、市政协的焦主席，还有市委的几位常委，政府的几位副市长，人大的几位副主任，政协的几位副主席。

李民生知道，主桌上不会有自己的位子，但其他的桌子边，都坐满了人。市委的督察专员老许见了李民生，就冲李民生使眼色。李民生读不懂老许的眼神，就硬了头皮挤到老许座位旁说，老许，你没见我找不着座位？尴尬死了，咋还冲我挤眉弄眼的，成心笑话我呀？

老许说，干信访的才会关心干信访的，谁笑话你？我是见你找不到座位，告诉你嘞。

你要告诉我座位，你往市领导那边使眼色干啥？李民生小声责备老许道。

老许努努嘴说，你的位子在主桌上，你是近视眼？你看看，那空位子上，写着的名字是不是李民生？

顺着老许努嘴的方向看去，李民生看到自己的名字确实就在主桌上。李民生说，这肯定是搞错了。

老许说，就是错了，你也只能将错就错。你要这时换位子，别人还会认为你成心引别人的注意。再说了，你跟谁换？

李民生想，老许无疑是对的，现在明智之举，就是将错就错。

于是，他不无拘谨地走过去，在自己名字前的位子上坐下来。

从市长开始，几乎所有在座的市领导都向李民生投去了诧异的目光。那目光里有不解和责备。不解的是这是市领导坐的主桌，咋冒出个局长来；责备的是，这李民生咋如此不懂规矩。

坐在主桌上的朱正富先生显然看到了大家投向李民生诧异的目光，就微笑着解释道，今天李局长可是我请的贵客。把李局长安排到主桌，是我朱正富的意思，目的是感谢李局长在处理云湖龙潭村那群刁民围攻市委时的凛然大义！

朱正富的话让孙书记有同感，他点点头接了朱正富的话补充说，在处理那次群访事件中，李民生同志表现出的不仅是勇敢，而且很智慧。

朱正富哈哈笑了，他手指李民生说，这可是了不得的褒奖哦，李局长，智勇双全！待会儿，你可得多敬孙副书记两杯。

李民生一脸尴尬。

见李民生没吭声，市长帮他说话了，朱总，为企业保驾护航，是我们党委、政府的职责之一嘛。你们云湖集团这些年为兰城市的税收和财政做的贡献，那是有目共睹的！你们企业遇到点麻烦，理应帮帮忙嘛。

市长的话显然不仅说到了朱正富的心坎上，也说出了市领导的心里话。李民生从在座的市领导的频频点头中看到了这点。

但李民生心里固执地认为市长的话错了。他想，市长至少犯了逻辑错误，他是兰城市人民政府市长，他应该比谁都清楚，政府是人民的政府，不是企业的政府。

但李民生毕竟当局长也不是一两天了，已经深悟了官场之道。他清楚，自己心里无论多么不满，也不能在这样的场合辩解。

于是他选择了沉默。

但这次答谢宴会的主题会以这样一种方式开始，是李民生始料不及的。

市人大主任举杯说，朱总，你这次当选省人大代表，是众望所归，我提议，大家共同敬朱总一杯。

提议得到全场热烈响应，碰杯声不绝于耳。

朱正富喝了几杯敬酒，就摆摆手说，随意了，大家随意了，我这"三高"人员，不胜酒力，不胜酒力。大家要敬，敬市长，他也是省人大代表嘛。

市长就笑，说，朱总，咋转移目标呢？今天的主角可不是我，是你哩！

领导嘛，什么时候都是主角。朱总嬉笑道，我们企业嘛，就是为你们政府打工的嘛。

这时，市委常委、宣传部孙部长凑热闹道，朱总，给政府打工也不错嘛，打工打成了人大代表，这样的工，我也愿打。

朱总就笑指孙部长说，孙部长，虽说我当了人大代表，看似风光了，但是烦恼事缠身哟。前不久，省上一家报社来了个记者，采访龙潭公园的事，居然在报纸里称我为兰城一霸。你们宣传部也不管管，舆论如此，企业家如何干事？

市长马上接话，他语气严肃地对孙部长说，孙部长，你们宣传部干什么吃的，随便把小报记者放进兰城来？宣传部不仅要引导舆论，还要控制舆论。这样让那些记者信口雌黄，不是给朱总脸上抹黑吗？你这宣传部长，要带头反省反省，认真研究新闻的管理问题。

本来是来凑热闹的，没想却被浇了盆冷水，孙部长灰溜溜地回到自己的座位上去，并一个劲对市长点头道，今后一定认真总结研究，这是一次教训，深刻的教训。

李民生不明白孙部长说的教训，是指凑热闹呢还是没拦住记者。

朱正富用餐巾纸抹抹嘴说，我被抹黑没什么，关键是舆论，龙潭村那些刁民，以为有了媒体撑腰，就认为真理在他们那边，猖狂得很。这龙潭公园的改扩建问题，我们也是帮你们政府的忙，是响应你们把云湖打造成兰城市第二城的号召嘛。但我们施工车才开到门口，面对的却是密不透风的人墙。

市长用手敲了敲桌面，对副市长兼公安局长的田局长说，老田，这个时候警察不能袖手旁观，该抓带头闹事的人还得抓。龙潭村这地方，该做的思想工作要做，该有的威慑力还得有！

田局长频频点头。

市长说，云湖集团对于兰城市的重要，我在这里不多说了。但我希望大家能有云湖开发区陈主任那点认识。我到云湖调研，陈主任这样对我说，我是开发区的主任，每天醒来头一件事，就是看云湖集团烟囱冒烟没有。只要看到烟囱冒着烟，这一天心里就踏实了。

市长这话比歌声还要让朱正富董事长受听，他不无得意道，市长言重了，言重了！我们干企业的，有领导一两句暖心窝子的话，就足够了。

市委常委、组织部长耿为民一副深有同感的样子说，我前两天看了一篇文章，主题就是富人也需要关怀。过去我们总以为，富人有钱，什么也不缺，看来，这样的认识是片面的，在很多时候，富人也很弱势，要爱护，要关怀。

朱正富竖竖大拇指说，耿部长，这话说得有水平。事实上，我面临的心理压力，可能比市长的还大。

刘副市长深表赞同说，我们做市领导的，有点决策失误，政府会买单，但企业决策失误了，谁买单？当然是朱总这样做老总的买了，能不压力大？我前不久看过一项调查，调查在中国，什么人群幸福指数最高，大家猜猜调查结果是什么？我保准在座诸位一个也猜不出来。不信，你们猜猜看。

政协范副主席说，这我知道，中产吧！中产阶层的人，比上不足，比下有余，肯定幸福指数最高。

不对。刘副市长摇摇头说。

市长显然对猜猜看这样的游戏不感兴趣也缺乏耐心，他冲刘副市长说，刘副，你就别跟大家捉迷藏了，是什么就直截了当说。

刘副市长笑笑说，市长让我说，我就说了。是穷人，穷人幸福指数最高，压力也最小。

李民生心里想，这帮高干，坐在一起，咋如此扯蛋呢？讲来讲去，居然讲什么穷人幸福指数最高！

市长点点头，对坐在身边的人大主任说，有意思，这调查看似不可思议，但是有道理。

市长没说道理是什么，李民生太想问这道理了。但又觉得自己没说话的资格，就竖了耳朵听。

朱正富冲市长点点头说，这调查体现了科学精神，我深有体会。我做穷人的时候，比我现在幸福多了。那时候，没人找你麻烦，没人成天在背地里想着如何捅你一刀。现在可好，什么乌龟王八的都盯着你，想找你茬儿，恨不得整死你才心甘。市长，这仇富心理不解决，社会要发展，肯定成问题。

这时市长突然盯了李民生说，李局长，我想你今天坐在这里，没有白坐。记住了，富人也需要关怀。这课，我给你上不了，你要主动找耿部长学习。我们的一些干部，一天只知道工作，没心思学习，这也是不对的。不学习，成不了好干部。现在讲解放思想，我想你们信访局解放思想的第一课，就从富人也需要关怀学起。你没有这能力授课，可以请耿部长嘛。

耿部长摆摆手说，不敢，不敢，讲课嘛，还是田部长内行。

宴会就这样东拉西扯一阵结束了。

走出海悦酒楼，一阵凉风袭来，李民生脑子清醒了许多。他明白了，这所谓的答谢宴会，事实上是朱正富先生专为他开的一个示威会、警告会。目的是告诉他李民生，你别跟我朱正富过不去，兰城市揽大权者统统跟我站在一个战壕里。你小子一个区区信访局长，想搞冲锋，当心打成筛子眼！

用心良苦啊！李民生轻蔑地笑了笑。

第十九章　无可奈何

李民生托朋友化验的云湖水样结果出来了，朋友打来电话，让他过去拿结果。

朋友把化验单递到李民生手上，说了四个字，触目惊心。

李民生拿着那张化验单吃力地看了一阵，总算看出了个大概。各种工业废水和民用废水交叉污染的指标高得惊人，超出了他的想象。

朋友告诉李民生，水银污染仅是云湖水污染其中的一项，云湖最严重的污染是磷的污染。毫不夸张地说，如果用含磷这么高的水养鱼，在黑夜里，你会看见鱼鳞上发出一道道亮光。

李民生听朋友这么一说，就同情起云湖里的鱼来。这些鱼，无辜的生物，有多少灭顶之灾在威胁着它们。李民生还想，如果上帝也像人看鱼一样看人，是否也会因同情而悲哀呢？

李民生谢过朋友，拿了化验单出来，坐上了三菱越野车。李民生将化验单往老刘眼前晃了一下说，老刘，我今天要让市长看看，这云湖水成啥样子了。

正在启动车的老刘熄了火，用陌生而异样的眼光看着李民生。老刘说，李局，你今天咋啦？咋像小孩子一样呢？云湖水污染的状况，市长不比你清楚？李局，你堂堂一个处级干部，咋比我一个司机还天真呢？

老刘边说边把化验单拿到自己的手里。他看了一阵，突然嘿嘿笑了起来。

什么事让你这么高兴？李民生问。

老刘抖抖手上这化验单说，你这是什么化验单？既没有单位盖章，又没个人签字。拿这样的化验单去找市长，当心被呲。

这下，李民生是真的尴尬了，他从老刘手上拿过化验单，就要开车门去找为他化验的朋友。

老刘再一次老谋深算地阻止了他。

老刘冲李民生摆摆手说，李局，别去啦！你去了，大家都难堪。你以为你朋友是粗心呀？述！人家是怕承担责任。人家还不明白，一个信访局长，平白无故，化验什么云湖水？人家知道你想干啥，还敢盖那章，签那字？

李民生把推开的车门又重重地拉上了。李民生白了一眼司机老刘说，老刘，看不出来哦，你这肚里肠肠肚肚多着哩！你要当局长，比我强多了。

老刘咧嘴一笑说，人家帮帮你，还遭一顿风凉话寒碜，你那肚里，又是什么心肠呢？

李民生努努嘴说，去，去，又给我贫嘴上了不是！你也是一个信访干部，也该帮信访工作，你帮的不是我，是信访工作，那就是你分内的事，对不对？快开车。

老刘启动车后问，李局，去哪里？

李民生说，去见市长。

老刘一轰油门说，还去呀？

李民生没有回答他，他皱了眉头，像是在思考什么。车开出一段后，他叹了一口气，对老刘说，还是回局里吧。

老刘笑了笑，是苦笑，他一边倒车一边说，这信访工作，什么都得管，什么都管不了。

李民生深有同感，他叹了一口气说，老刘，你说对了一半，管不了还得管，这才是最无奈的！

这时赵副局长打来电话，他在电话里告诉李民生，说龙潭村派代表上访来了，人现在就坐在信访局的接待室里，扬言只跟局长谈。

李民生挂断电话，催一旁的司机老刘把车开快些。老刘不吭声，还是照着往常的速度行驶。

李民生看老刘依旧四平八稳开车，就又着急又生气地说，老刘，你耳朵有毛病吗？

老刘不吱声，目光直视前方。

李民生像泄了气的皮球，瘫坐在副驾驶位子上。好在这兰城市就那么大，不一会儿工夫，三菱越野车就进了信访局大门。

李民生匆匆走进接待室，第一眼就看到了白发苍苍的被龙潭村人称为曾老太爷的老村长。

曾老太爷太有名了，他是解放后龙潭村的第一任村长，也是兰城市在村长位置上待得最久的一位村长，直到上世纪九十年代初才卸任。连几任市委书记见了他，都会亲切地走上前唤他一声：老村长！

老村长！李民生招呼道。

曾老太爷颤抖着站了起来，上了年纪的他，像风中一根衰草一般。

打扰了。他睁着一双混沌的老眼，吃力地打量着李民生道，你就是局长吧。

他就是我们信访局的李民生局长。赵副局长介绍道。

不好意思，不好意思。曾老太爷一脸愧疚地说，我当村长四十多年，从来没有为难过政府。但这次受全村人之托，没有法子，没有法子呀。

坐在一旁的马小涛说，村民们原本又要开农用车集体上访的，但被老村长阻在了村口。村民们说，你不准我们集体上访，那你替我们去上访。就这样，我陪老村长上访来了。

又出了什么事？李民生问道。

马小涛说，还不是龙潭公园的事。

李民生说，小涛，你算是村里的知识分子，要给乡亲们讲道理。市委、市政府正在考虑成立一个龙潭公园纠纷问题的工作组，深入龙潭村，现场调研，现场解决问题。但组织一个工作组，牵扯面大，你要告诉乡亲们，要有耐心，要给市委、市政府一点解决问题的时间。

等你们去解决问题，怕人还未到，龙潭公园早被云湖集团的推土机、挖掘机给扒平了。马小涛没好气地道。

市里不是给云湖集团下了叫停通知了吗？李民生问。

人家云湖集团背景硬得很，才没把你们市里放在眼里。马小涛说，人家的推土机照样把我们龙潭公园的围墙给推了。

有这种事？李民生惊讶地问道。此时他心里想，这云湖集团，咋尽干些火上浇油扩大事态的蠢事呢？

啪地一声响，吓了李民生一跳。

曾老太爷情急之下，拍了桌子。

这党话不听，政府话也不听，不就是奸商吗？曾老太爷气得脖子上青筋凸起，李民生真害怕他会气得一口气上不来。

老村长，别生气，别生气！李民生边说边示意一旁的赵副局长给曾老太爷的茶杯里续水。

我不生气，我不生气行吗？曾老太爷又颤抖着站了起来，他伸出干瘦的手往屋子里画一圈说，偌大一个云湖，被这些奸商活生生糟践了，弄得鱼虾不能食，水不能喝。现在又盯上了我的龙潭。李局长，什么开发龙潭公园，打造高品质旅游度假区，那些都是骗党骗政府的幌子。那些个奸商的真正目的，就是要霸占龙潭这得天独厚的水源！

李民生暗暗佩服起眼前这个曾老太爷来。他可谓是一针见血地指出了云湖集团在龙潭公园问题上最为真实的意图——霸占水源。这不禁让他这位信访局长感叹良多。过去只在书本里听专家预言，未来国际争端和冲突很可能是围绕石油、淡水而展开的，没想到现在在云湖表现出的企业与农民之间的争端就是一个水的问题。污染越严重，围绕水的争执和冲突必将愈演愈烈。

李民生用近乎崇敬的目光看着曾老太爷说，老人家，我佩服你看问题的眼光，你真正看到了这冲突的本质。我定会向市委和市政府汇报，让市委、市政府能够英明决策，还乡亲们一个公道。

马小涛接话说，李局长，你可得快点向市委、市政府汇报，要不，我们关在开发区公安局里的乡亲，苦就受大了。

开发区公安局抓了人？李民生惊问道。

曾老太爷说，抓了我们八个乡亲！乡亲们阻止云湖集团的推土机推龙潭公园围墙，云湖集团的人一个电话叫来了警察，就把我们的人抓了八个，现在还关在拘留所里。李局长，旧社会我看见财主使唤家丁抓老百姓，咋今天的公安局也成了企业的家丁了？

李民生又急又气，他拍一下桌子说，乱弹琴，乱弹琴嘛！谁下令让他们公安局抓人的？滥用警力，可是违法行为！

曾老太爷说，法在人家手里，吃亏的是咱老百姓。李局长，你可得赶紧向市委政府领导反映情况，乡亲们都快憋不住了，要冲公安局要求放人哩。

李民生听说村民要冲击公安局，知道问题严重了。他对曾老太爷说，老村长，我知道你在龙潭村人心目中的威望，请你马上回去，做做那些情绪冲动的村民的思想工作，请他们务必相信党和政府，切忌鲁莽行事。我现在就去找市委陈书记，向他反映情况。

李民生的话对于曾老太爷无疑是一颗定心丸。他在马小涛的搀扶下站了起来，深深地给李民生鞠了一躬。

这一鞠躬，让李民生的眼泪都出来了。李民生用手抹了一下眼角，也冲曾老太爷深深鞠了一躬。李民生说，老村长，拜托你老人家了！

第二十章　书记很生气

　　刚从北欧考察回来的陈书记心情不错，正在市委常委会议室里眉飞色舞地谈论自己的考察感想。接待李民生的是陈书记的秘书小高。高秘书看着心情急迫的李民生说，李局长，书记难得这样高兴，你可别为他添堵哦。

　　李民生听出了高秘书话语里警告的语气，他心里很不舒服地想，你一个秘书凭什么对我这局长如此趾高气扬，像警告一个小学生似的？我这信访局长，咋就成了添堵的了呢？

　　李民生心里生气，脸上却和颜悦色说，高秘书，我们信访局，还是为领导们做疏通工作的，咋会添堵？

　　高秘书哼了一声，脸上有些轻蔑的样子说，李局长，市里有领导对陈书记说，你这段时间总是给领导添堵哩。

　　李民生讨厌高秘书那种狗仗人势的恶劣姿态，但对他有意无意泄露的信息还是有一丝感激。他心里清楚，高秘书说的市里领导，就是市长。

　　秘书们总是爱耍这样的小花招。为了站在自己服务的领导立场，就有意把一些矛盾往自己服务的领导的对立面引，这样的花招，在兰城市数高秘书驾轻就熟。在执政理念上，书记和市长分歧很大，这种分歧，甚至影响到了他们私人之间的关系。这党政一把手之间有了不和谐,他们身边的人就有了用武之地。

　　高秘书见李民生呆坐在那里,心里知道李民生一定在想那个告他状的人是谁,就放下捏在手上的圆珠笔,侧过身子来对李民生说,书记这次去北欧,考察后获得一大法宝,那就是市委、市政府的工作不能只围绕GDP转。过去,市里个别领导张口闭口GDP,把GDP当做压别人的宝,添自己的彩,今后,这种GDP在兰城市没市场了。

　　高秘书的话说得斩钉截铁。李民生知道,市长爱开口闭口说GDP,兰城市的人们背地里都称他为GDP市长。对于盲目追求GDP的做法,李民生是有不同看法的,现在书记通过考察认识到了这点,让李民生好生感动。他心里想,都说领导出国考察是公费旅游,但这话放在陈书记身上,显然是错了。

　　高秘书原本想高谈阔论一番的,但这时常委会散了。书记端着茶杯一脸笑容走过秘书一科,抬头看见了坐在沙发上的李民生,就亲热地招呼道,民生,你这信访局长,跑秘书科干啥?

　　还没等李民生开口,高秘书首先答道,书记,李局长找你嘞。

　　肯定又没有什么好事!书记用手指了李民生说。

　　李民生不置可否地笑了笑,起身跟书记进了书记的办公室。

　　书记进了办公室,招呼李民生在他办公桌对面的椅子上坐定,就低着头在抽屉里找东西,翻了一阵,拿出一个打火机来说,民生,这是我在瑞士买的环保火机,送你了。

　　李民生接过火机,表情显得有点受宠若惊。他拿着火机翻来覆去地看,似乎想从这普通的打火机上看出点什么玄机。

　　见李民生对打火机如获至宝地专注,陈书记说话了,民生,有什么事就言简意赅汇报好了。

　　书记发了话,李民生就竹筒倒豆子一般说开了。他压根儿没有发现,书记原本笑得如花一样的脸变成一块僵硬的冰的过程,直到书记啪地一个重掌拍在办公桌上,他才停止了下来。

　　警察怎么可以随意乱抓人?引起冲突责任谁来负?

陈书记的问话更像是怒吼。

李民生愣了一下，看着怒火中烧的陈书记，李民生选择了沉默。

民生，你说这问题该如何处理？陈书记平定了一下情绪问李民生道。

李民生想了想，回答说，处理这个冲突，还得市委拿态度。

态度？陈书记挥挥手说，迅速将拘押的群众放出来，这就是态度！

陈书记的话让李民生重重地点了点头。他站起身来说，书记，我要的就是这句话。要不，事态扩大化了，就不好收拾局面了。

李民生正欲告辞，却被陈书记留下了。陈书记挥了一下手说，我的话还没有说完，你就想溜呀？民生，马上成立一个调查组，调查滥用警力的问题，由你任组长，市公安局、司法局、市纪委派人任成员，迅速赶往云湖开发区，必须把害群之马给我查出来。这些日子，从中央到省里三番五次重申，要稳定，不要激化矛盾，但就有人胆敢在兰城的地盘上添乱。我要让他明白，谁添乱，我就惩治谁！

陈书记话说到这里，冲李民生摆了摆手，示意他可以离开了。往外走的李民生听到书记唤高秘书的声音，小高，你打电话给市公安局，让王勇局长来见我！

李民生心里清楚，陈书记虽是在唤小高，而话却是讲给他听的。他是用这种方式表明他作为一个领导者的态度，那态度就是让李民生放开手脚，一查到底。

李民生当然不敢懈怠，手握尚方宝剑的他，深知肩上责任重大。李民生从这些年从事信访工作的经验中明白了这样一个道理，拿公安开刀的事，都是高难度。

工作组很快就成立起来了。但工作组的成员在云湖开发区公安局滥用警力问题上的态度一致地表现暧昧。这些善于见风使舵的人在不明风向之前，表现出了他们政工油子的必要谨慎。这让李民生很是恼火。在整个工作组里，气氛显得沉闷而压抑，就连纪委派来的老黄，这个平日里爱讲笑话的黄大嘴，也是紧闭了嘴巴，耷拉了眼皮，像是觉没睡醒那样。

工作组赶往云湖的路上，老黄开了口，但讲的不是笑话。老黄说，我敢打包票，我们工作组没到云湖，云湖开发区公安局早处理了"炮兵部队的炊事员"。

李民生不知老黄说的"炮兵部队的炊事员"指什么，就问老黄，什么意思？

老黄没吭声，市司法局的郑副局长帮老黄解释了，李组长，意思就是戴绿帽子、背黑锅的冤大头。

老黄听郑副局长这么说，赶忙摆摆手申明道，这是郑副局长的意思，不代表我，不代表我。

郑副局长说，老黄，你滑头嘞！

老黄马上回击道，谁不知道你郑一平的绰号叫郑泥鳅，要讲滑头，谁滑得过你！

市公安局派到工作组的纪检组长老唐听了大家的议论，有些按捺不住了，他说，你们把我们公安看成什么样子了？我们不是要抓害群之马吗？如果真像老黄说的那样，我们没到，云湖开发区公安局就做了自我纠正，那岂不是好事？问题圆满解决了，省得我们费心思和口舌。

老黄转过身，扔了一圈烟说，老唐的意思我明白，我们的工作被开发区公安局做了，我们这工作组就可以改行成旅游团了。老李，你这组长也就跟着从组长升团长了。

郑副局长说，这话诱惑不了老李，又没提级别，还不是团处级。

这下车里终于有了点笑声，气氛也活跃了许多。李民生说，这次工作组的任务很重，旅游这样的美差，大家别想，倒是做好吃苦的准备。熬更守夜，别怪我李民生没本事。

老唐来自公安，自然时时刻刻免不了站在公安的立场说话。

老唐说，虽然这次开发区公安局事情过火了一点，毕竟没造成更坏的结果，开发区公安局立场上往自己辖区内的企业靠一点，也是情理之中的事，我觉得教育为主，处理为辅，比较恰当。

司法局的郑副局长不同意老唐的主张。他说，情理之中的事，不见得就不违法；违法的事，就得按法律办。

郑副局长的话让老唐听了很是不高兴，他抢白道，按法律办，还要我们工作组干啥？找法院得啦！

李民生怕两人动真格的，吵起架来，就打圆场道，大家都别急，等深入调查了解了，我们再考虑处理问题的策略，一方面要给老百姓公道，另一方面，也不能伤害了干警。

老黄听了李民生的话，就竖了大拇指说，还是老李考虑问题全面。

郑副局长说，要说像你我，老李还当什么组长？

李民生赶紧边发烟边摆了手说，得了，得了，别拿我寻开心了。老刘，车能不能开快点？

老刘目视前方说，平时你们是领导，车上我是领导。李局，看看前面警示牌，限速八十。

汽车，向着云湖方向，不紧不慢地开去……

第二十一章 谁来背黑锅

纪委的老黄真是个大预言家。一切都像老黄说的那样,工作组刚在云湖开发区下榻的宾馆住下来还不到两个小时,云湖开发区公安局就派人送来滥用警力的检查、今后的整改报告和对引起警民冲突乱抓人的警察的处理决定。

在宾馆冲完凉的李民生,坐在椅子上看了检查,真有些佩服这检查的文笔了。检查不仅语言流畅,逻辑性强,而且刨根究底,写得相当深刻,找出了犯错误的原因和今后要吸取的教训。整改报告更是条理清晰,重点突出,不仅明确了整改方向,而且列举出了整改措施。对带头乱抓人的警察的处理更是严厉,不仅给予了处分,而且还开除出了公安队伍。

李民生给住在隔壁的市纪委的老黄拨了电话,老黄用一块毛巾擦着刚洗的头走进李民生的房间,李民生把这一堆材料给老黄看。老黄粗枝大叶翻阅了一阵,把材料往床上一扔说,都搞得那么完美了,我们工作组还有啥用?

李民生指了指那份处理决定说,老黄,我有个想法,我们工作组的工作,就从这里入手。

老黄不明白李民生的意思,他拿起那份处理决定,看了一阵说,耿飞和李圆庆两位带头乱抓人的警察,都被开除出公安队伍了，你还嫌不够严厉？

李民生意味深长地笑了一下，他说，老黄，是你在车上提醒了我，没准这两个被开除的警察就像你车上说的是"炮兵部队的炊事员"。

老黄听李民生这么说，就摆摆手说，老李，车上的话是玩笑话，你也当真？

李民生说，你是老纪委了，我能不当真？调查清楚这两个警察问题的工作，就由你负责了。

老黄显然不想接受这棘手的任务，但又找不到理由推托，无奈他用手做了一个掌自己嘴的姿势说，祸从口出，麻烦也从口出！

老黄叹口气就用毛巾拍打着头发走出了李民生的房门。

下午是云湖开发区公安局欢迎工作组进驻的欢迎会。

带着工作组进到开发区公安局会议室的李民生，赫然看见坐在局长位子上的人，竟是多年前的冤家王明礼。

李民生心中惊诧了一下。他实在没有想到，几年前差点连警察身份都保不住的王明礼，咋那么快就摇身一变，从兰城到了云湖，而且还当上了开发区公安局的局长。

王明礼比李民生还要吃惊，他知道工作组要来，没想到领头的是李民生。他满是横肉的脸上浮起一层慌乱，但随即镇定住，眼睛里射出了两丝冰冷的光。

李民生感觉到了王明礼目光中的寒意，那是他多年前看见过的寒意。他想起王明礼被撤职后的两天在街上碰见他那一幕。那时的王明礼，投射到他李民生身上的也是这样冰冷的目光，只不过那时他说了一句咬牙切齿的话，我王明礼不死，就绝不饶你李民生！

但今天王明礼没说这样的话，他眨了一下眼睛，收敛起冰冷的目光，多肉的脸上堆起烂柿子一样的笑意。他站起身来，推开了椅子，紧走几步，紧紧地握住李民生的手，用中气十足的声音说，我说是谁嘞，原来是老朋友嘛！李局长，我俩真有缘分，兄弟不走运，出了事总是你这当哥的来帮忙。欢迎欢迎，请坐请坐。

如果不知道李民生和王明礼过节的人，定会把这场面当成一次老友重逢。

欢迎仪式是程式化的，王明礼代表开发区公安局，对工作组的进驻表示了欢迎，对开发区公安局滥用警力的行为作了自我批评，说了要引以为戒之类的套话。李明生也代表工作组作了发言。他强调说，工作组进驻云湖开发区，主要是调查了解情况，找准问题，绝不是想整人。他希望开发区管委会和公安局都对此要有正确认识。

欢迎会结束后，李民生一行离开开发区公安局，送李民生下楼的王明礼皮笑肉不笑地说，李组长，恕兄弟失礼，本想请工作组一行赴个便宴的，又怕好心办坏事，影响了工作组的名声。

李民生摆摆手说，老王，你为我和工作组想得如此周到，我已经心存感激了。

但晚饭还是有人请的。李民生一行回到下榻的宾馆，就见一个打扮得体、气质出众、面容姣好的女子站在了宾馆门口。还没等李民生他们下车，她已满面笑容恭候在了车门前。

车门一打开，她就用极标准的普通话问，请问哪位是工作组的李组长？

弯腰走下车门的李民生愣了一下，随即点头说，我就是。

李组长，欢迎，欢迎！她边说边伸出纤纤玉手，握住了李民生略显机械的手说，李组长，你拿我们当外人了不是？来也不说一声。

李民生觉得她的话有些莫名其妙，他打量了她一下说，姑娘，我不认识你呀！

站在年轻女人后面的皮肤黝黑端一茶缸的司机模样的青年男子赶忙介绍道，这是我们开发区管委会的宋子歌副主任。

李民生有些惊讶，他没想到面前这年轻女人竟然是开发区管委会副主任。这么年轻的副处级干部，他在兰城市还是第一次碰到。他有些后悔自己不该称人家姑娘，觉得脸上有了一丝尴尬。

好在老黄的铁嘴帮他解了围，在李民生身后的老黄凑上前说，都说自古英雄出少年，没想到英雄还出少女嘞。

被称做宋子歌的年轻女子笑道，这位领导，拿我开心不是？什么少女，都差不多是大龄青年了。我都满二十六岁了，我爹妈成天担心我嫁不出去哩。闲话我就不说了，到了云湖开发区的地盘上，诸位领导无论如何要赏脸，吃顿便饭，喝杯薄酒，也好让我子歌尽点地主之谊嘛。

宋子歌人长得美，嘴也巧，倒把老黄给难住了。老黄用为难的目光看着李民生。李民生犹豫了一下，挥挥手说，恭敬不如从命，大家都别上楼了，原位坐车跟宋副主任走好啦。

李民生一行的车跟着宋子歌的丰田越野车，不一会儿就驶出了云湖城区。老唐说，这宋副主任到底要带我们去哪里呀？

老黄扭过头来对老唐笑道，警察也怕被人拐了？

老唐见老黄取笑自己，就打了个哈哈说，被这么漂亮的女人拐了，值！

老黄又笑，说，老唐，你单相思吧，人家可是看中的老李，我们这是沾老李的光嘞。老李，我还以为你会谢绝这宋副主任的邀请嘞。

还没等李民生找到反击老唐的话，司法局的郑副局长接话了。他说，英雄难过美人关嘛！

李民生问，谁是英雄？英雄刚才早被老黄指定了，英雄是前面车里坐着的宋副主任。

这下轮到老黄急了。老黄说，老李，你这人怎么就过河拆桥呢？人家当时是为你打圆场，要不，我看你那一脸尴尬往哪里放？你不谢我，还醋我？

李民生被老黄一说，忍不住也哈哈笑了，他说，还说人家老唐单相思，我看你才单相思嘞！

郑副局长笑得抹了抹眼泪说,我还以为我们这工作组水泼不进,针插不进,没想到一个女人就让大家乱方寸了。你们听过一个段子吗?

老黄好奇地问,啥段子?

郑副局长咳嗽了一声说,从前有个地下党,被国民党反动派抓了,但后来又被放出来了。

老唐摇了一下头说,这也算段子?

郑副局长说,人家没讲完嘛。他出来后,组织调查他,他说,敌人许我高官厚禄,我不招;接着,敌人对我严刑拷打,我不招;最后,敌人使了美人计……

老唐问,他中了美人计,招啦?

郑副局长说,人家可不像你!他将计就计,逃啦!

老黄说,郑副局长,你是不是经常将计就计呀?

没想这时老唐的认真劲又上来了,老唐摆摆手说,大家别开玩笑了。你说这宋副主任要带我们去哪里,吃顿饭有必要跑那么远的地方?

一直认真开着车的老刘搭腔道,这宋美人是要带我们去龙潭公园,那公园旁有两家风味不错的农家乐。

说到龙潭公园,李民生心里警觉了一下。他想,这宋副主任把工作组一行带到龙潭公园,绝不是为了吃一顿晚饭。这年轻的女人,难道是要给我们工作组摆一席鸿门宴?

李民生这么想着,前面已是一片胜境。龙潭公园已近在眼前。

第二十二章　美人摆的宴

宋子歌不仅人长得漂亮，举手投足也甚为得体。她的美丽，不是那种咄咄逼人拒人于千里之外的，而是那种温和得让人感到亲近的。对于工作组这群中年男人来说，这种美不会让他们担心和恐惧，这种美的内在的庄重让他们显得彬彬有礼，极富绅士意味。

宋子歌的恰到好处的热情并没有让李民生放松警惕。先入为主，自以为宋子歌会为工作组摆一桌鸿门宴的李民生显得极不自然，看上去近乎于刻板。但男人就是这样，如果在应酬上过于轻车熟路就难免会显得轻浮，而刻板和适度的笨拙往往会呈现出厚道的效果。

尽管请客的地点是不需要过于拘礼的农家乐，但宾主之间还是保持了必要的礼节。宋子歌用好听的普通话介绍了这家农家乐餐馆，并低姿态地强调，考虑到市里来的领导吃惯了大鱼大肉，让大家来尝尝山茅野菜，换换口味，体验生态。李民生谨慎地对主人的热情和周到表示了谢意。晚宴就在宋子歌微笑着端起一碗米酒的酒香中开始了。

也许是开饭的时间晚了一些，也许是这独具风味的农家菜激发了大家的食欲，这群被宋子歌称为"市里来的领导"的工作组成员，三杯酒下肚，就被揭去了绅士的伪装，露出了狰狞的吃相。

第二十二章 美人摆的宴

大快朵颐的老黄满嘴油水，还不忘一边咀嚼一边冲宋子歌竖大拇指，直夸菜好吃酒好喝。老唐也许是酒劲上来了，一个劲地要司法局的郑副局长跟他划几拳。李民生知道，在这样的场合划拳，极端地不合适，就一个劲地向郑副局长使眼色，让他别响应。

宋子歌见李民生跟郑副局长使眼色，就站起身，对老唐说，如果领导不嫌弃，我跟领导划六拳？

一个庄重得体、举止优雅的女人，居然也会划拳？她让这群中年男人真的惊讶了。

但让这群中年男人更为惊讶的是宋子歌的拳技。她的五个纤纤玉指在口令声中变换到了神速的地步，乱花迷眼的一群男人看着老唐干净利落地连输六拳。好面子的老唐不甘心接受惨败的现实，提议再跟宋子歌来六拳。但他的提议还没等到宋子歌响应，李民生便摆了摆手说，老唐，愿赌服输，你不是宋副主任的对手。

李民生的话让老唐一脸尴尬。

宋子歌见老唐如是，便明白老唐是个好面子的人，于是笑道，李组长言过，这不过是我侥幸取胜，唐领导出拳刁钻老辣，我这后生岂是对手？我不过是利用了唐领导还没摸清我的拳路，来了一个乱拳打死老师傅的突然袭击罢了。

宋子歌的话是给老唐台阶下，但不识相的老唐却拿出了狗急跳墙的架势，硬要再跟宋子歌比六拳。

李民生劝不住老唐，就不再吭声，只在心里想，这男人要是死要面子起来，就掂不出自身的斤两了。

局势和第一局伊始没什么两样，宋子歌那只翻云覆雨乱花迷眼的手在清亮的口令声中，瞬间赢下三拳。赢了三拳的宋子歌陪了老唐一杯酒，微笑着说，我今天不知哪来的运气？要是去买彩票，怕要中个五百万大奖嘞。

老黄便哈哈笑了说，宋副主任，老唐今天是中了美人计了。

郑副局长听了，就更是笑了个前仰后合，他指了指老唐说，老唐，你可得将计就计。

原来是玩笑话，但自尊心极强的老唐却认为老黄和郑副局长是故意调侃他，就撸了袖子，红了脖子，硬要跟老黄和郑副局长各来六拳，还扬言要是输了不仅全喝了桌上的酒还钻桌子。

玩笑的碰了猴急的，自不会动真格的。这老黄和郑副局长不应战，这老唐就更急，急得近乎恼羞成怒了。看老唐如此，宋子歌就又恰到好处地说话了，唐领导，我俩才划了三拳，还有三拳哩。

老唐就只好放下老黄郑副这俩目标，又伸出粗壮的手跟宋子歌比画开来。宋子歌的手依旧乱花迷眼，口令依旧抑扬顿挫，但李民生还是看出来了，宋子歌在让拳。

老唐连扳三拳。

连扳三拳的老唐打了个平手，有些志得意满，原本紧绷的老脸也露出了笑意。宋子歌装作吃惊地说，姜还是老的辣，我现在明白郑领导说的话了，将计就计，你成心逗我呀？

这岂止是给老唐台阶下，简直是还加了拐杖，但老唐愚钝得把拐杖当了长矛。他说，宋副主任，我们再来六拳。

这下，连宋子歌也有些吃惊了，如此不识相的男人，自己还是头一回见。但老唐的表现让她内心有不由自主的高兴，她心里想，这市里派来的人，也就这点脓血而已。

唐领导，我认输，拳我肯定划不过你。这样，大家把杯中酒干了，我们一起逛逛龙潭公园。我们龙潭公园可有名了，据说是全国第一个农民公园哩。

一直警惕鸿门宴的李民生，正在后悔自己草木皆兵之时，听宋子歌说到了龙潭公园，心里还是像地震似的动了一下。一般情况下，政府官员在面对工作组时，都很忌讳把工作组引到敏感区域，而这宋副主任好生了得，不仅邀请大家逛龙潭，而且还强调了这龙潭公园的特殊性。

李民生明白，这样的女人，绝对是一个超强的对手。对这样聪慧精明的女人掉以轻心，是会吃大亏的。

第二十二章 美人摆的宴

宋子歌带着工作组几个饭饱酒足的男人，往龙潭公园里走。这时天色已黄昏，两边山峦之上有红霞，但红霞是无力的，它只是衬托了傍晚的凝重，让苍茫的云湖大地显得有些萧瑟。

在黄昏中走进龙潭公园的工作组成员，几乎第一感受都是相同的，就是这龙潭公园已经老了，老得盛名之下，其实难副了。公园里蒿草丛生，仅才二十多年的亭台楼阁，由于用材的粗劣，做工的粗枝大叶，那些曾经鲜鲜亮亮浓墨重彩的装饰，现已斑斑驳驳，而亭子上年久没人拔去的野草却蓬勃而杂乱。公园显然已经好长时间没有专职的清洁工了，要不，通道和草地上不会到处都是垃圾。公园里游人不算多，但也不少，都是些裤腿卷得高一只低一只的村民。李民生看见一个坐在水泥座椅上的少妇，她一边撩了衣襟，露一对饱饱的奶子奶着孩子，一边不停地把葵花子嗑得到处乱飞。

这哪还像个公园！

说这话的是老黄。这个纪委的同志，在看到这番景象后忍不住感叹起来。

宋子歌只是笑笑，笑的意思中有一丝抱歉。但李民生知道，抱歉是她刻意装出来的，笑倒是真的，因为她带大家来吃饭也好，进公园也好，目的就是要让工作组的人对这龙潭公园产生像纪委老黄那样的感叹。

司法局的郑副局长说，这哪是逛公园，还不如说是进了垃圾场。我们回住处去吧。

大家于是掉头，想往门外去。李民生唤住了大家，李民生说，进龙潭公园不到龙潭泉眼看看，等于没进嘛。

这句话让转了身的人又折了身，跟了李民生往龙潭的泉眼方向去。这公园杂乱，萧条，破旧，乍一眼看上去建筑装潢都有些粗俗。但往里走，还是古树葱郁，风光绮丽，有曲径通幽的意味。

一潭碧玉呈现在大家面前。

这龙潭水美，要不亲眼见到，是很难想象的。碧玉之下，有嫩绿的水草，轻轻抽动着纤细的身子，活像一群仙女，在纵情舞蹈，相互炫耀着婀娜的身姿。

李民生弯下腰，掬一捧水送入口中，就品出甘甜的滋味来了。见李民生喝得投入，大家就跟着弯下腰去，捧了水喝。这群成天喝撒过漂白粉水的兰城干部，现在喝着这优质的深山矿泉，都忍不住赞叹。

老黄咕咕喝了两大捧，对李民生说，老李，这才是水的滋味。

李民生笑着说，老黄，不喝龙潭水，你不会明白云湖集团要跟龙潭村争这公园的动因。

老黄说，老李，你的意思，他们争的是这水？

李民生点了点头。

宋子歌听李民生跟老黄这样议论，就说，李组长，你言重了。我们这地方又不是中东，偌大个云湖，还愁没水喝？要为水闹纠纷，那真是天方夜谭了。

李民生抬头，看一眼宋子歌，从潭边站起身子来说，宋副主任，你要是看过云湖集团员工的体检报告，就不会认为是天方夜谭了。

李组长，你看过云湖集团员工的体检报告？宋子歌的问话里满是惊讶。

李民生点点头说，我不仅看过云湖集团员工的体检报告，还请人检验过云湖水样。宋副主任，一般的自来水厂的技术，是没法净化好云湖水的。我现在要奉劝你，千万别喝用云湖水净化成的自来水。

现在，宋子歌真后悔把工作组引往龙潭公园了。聪明的她，处心积虑，还是落得个弄巧成拙的下场，这是她始料不及的。

第二十三章　警察还是家丁

　　调查组的工作卓有成效。纪委的老黄是办案的高手，他经过几天的调查摸底，就查清了云湖开发区公安局开除的两个警察的真实身份。这两个所谓的警察不过是开发区公安局聘用的一般公勤人员，而且，他们在被公安局除名后，迅速被云湖集团招聘做了保安。

　　当工作组将调查证据出示给局长王明礼时，他的脸上遍布尴尬之色，但他毕竟是弄虚作假的老油条了，并没有显示出手足无措来，而是相当从容和镇定。他冲李民生摊摊手说，李组长，我们也是没办法，这开发区公安局人手少，矛盾又突出，不在社会上招些公勤人员，工作没法子干。招了，他们素质低，就惹乱子。谁惹乱子，我就处理谁，这没错吧？

　　李民生没有吭声，他打开公文包，拿出了工作组刚到时开发区公安局送来的那份处理决定，把它往王明礼面前一放。

　　老黄在一旁说，王局长，处理决定上说的这两人的身份可是干警。

　　但王明礼毕竟是老江湖了，头脑灵光的他，总能想出应对的办法来。他拿起处理决定装模作样看了一下，突然就一巴掌拍在了面前的桌子上。

王明礼拍桌子的声音太响，吓得李民生和老黄都以为这家伙是狗急跳墙耍横了。

但他们马上就意识到，这狡猾至极的王明礼不会轻易狗急跳墙的。王明礼说，老李、老黄，这公安系统，武的行，文的都扯淡，这局办公室主任咋就把公勤人员写成干警呢？

李民生冷笑了一下，他心里想，王明礼，你问我，我还想问你嘞。

李民生知道，王明礼这样的人，你要让他承认错误，不是那么容易的。这种不见棺材不落泪的人，只要证据稍充分，他就能找到可钻的空子，所以他不想跟他多费口舌。与这样的人打口水战，无异于对牛弹琴。于是他收拾好材料，就示意老黄离开了。

在回住处的路上，老黄说，老李，这王明礼可是条不易逮的泥鳅哦。

李民生点点头，颇有感触地说，老黄，这王明礼进步多了，比他当年在兰城当派出所长时，不知聪明了多少倍。当年，他只会挥舞拳头和警棍，现在，他会用心计和装糊涂了。

老黄皱眉头说，通过我这几天的调查摸底，我认为这王明礼和开发区公安局，跟云湖集团有暗地里不可告人的关系。你看这边才开除的公勤人员，那边马上吸纳为保安。这意思不是明摆着？只要你们肯为我云湖集团卖命，出了事，我云湖集团照单收人，保你有退路。

老黄的话让李民生忍不住叹了一口气。李民生忧心忡忡地说，老黄，你推测的也正是我担心的。你说这警察要是成了企业家丁，那就不仅仅是个腐败问题了。老黄，你不能仅仅是推测，我想下一步，你的主要工作是要去证实你的推测。你有多年纪委办案的经验，还愁不能顺藤把瓜给摸出来？

老黄听李民生这么一说，就做了个用手掌扇自己嘴巴的动作。他说，都说祸从口出，看来，这事情也从口出，多句嘴，就给自己招惹麻烦事了。但我今天见这王明礼，一点认错的态度都没有，也让我相当生气。老李,我听你的,是得把这"瓜"给摸出来。

他俩就这样边谈边走,一直走到住处。就在这时,到龙潭村了解情况的郑副局长和老唐也回来了。

郑副局长一下车,就直奔李民生而来。他急匆匆的样子,一看就是碰上了棘手的事情。

老李,事情麻烦了。郑副局长有些着急地对李民生说。

李民生看郑副局长着急的样子,就拍了一下郑副局长的肩膀说,什么事把你急成这样?到房间再细细说吧。

郑副局长跟着李民生来到李民生的房间,竹筒倒豆子一样说了事情的经过。

郑副局长和老唐清晨进入龙潭村的时候,听见了哭天抢地的哀号声。他俩顺着哀号声寻去,见一个村民家的四周围满了黑压压的村民。几个披麻戴孝的人正伏在一口未漆过的棺木上悲痛地号啕。他俩一打听,才知这家姓段的人家死了男主人。这死的段姓男子是前两天刚从开发区公安局释放的村民,他是在那场阻止云湖集团推倒龙潭公园的冲突中被开发区公安局拘留的群众之一。所以,他的突然死亡被村民们固执地认为跟开发区公安局有关。这就无疑给本来就心有不平的村民心上又浇了一次油,烧了一把火。

应该说,郑副局长和老唐来得不是时候,他们给愤怒的村民提供了发泄的契机。看见他们这两位干部,有村民就喊出了血债血还、惩罚刽子手的口号。特别是老唐,身上又穿着警服,就被村民们误以为是开发区公安局的警察,于是,就有人操了院子里的柴棍,要劈老唐,要不是老村长曾老太爷及时出面制止,那老唐不知要挨多少棍棒。

郑副局长做惯了司法宣传,开口闭口给群众讲法律,但这些大道理对于失去理智的村民毫无用处。他们将郑、唐二位调查组的工作人员团团围住,又是谩骂又是吐唾沫。这过激的行为激怒了曾老太爷,他情急之下奔向那口未漆的棺材,跪到棺材前大声吼道，谁不听打招呼，我就撞死在这口棺材前！

这时候，年龄和威信显示了应有的威力。村民们一下子安静了下来，就连哭丧的人也停止了哀号，整个院子一下子安静了下来。

见村民们安静下来，曾老太爷颤颤巍巍地站起来，他倚在棺材旁，苍老的手一只托了棺材，一只颤抖着指向村民，他大声问道，你们这样子，是不是嫌死一个人还不够？你们要是打死了上面来的干部，是不是照样欠下血债？

有个愣头愣脑的青年村民抱着手质问曾老太爷。他说，老村长，那我们的人就这样白死了？

曾老太爷说，谁说白死了？杀人偿命，欠债还钱，这是自古不变的理！但我们平头老百姓，得相信党，相信政府，只有党和政府能给我们撑腰！

那年轻村民真是愣头青，他脖子一梗，头发一甩说，那我们就抬着这棺材，到市里找党和政府鸣冤去。

这下安静的人群又沸腾起来，有村民夸这主意好，有人喊找农用车来拉棺材，场面再一次出现了混乱。

看着这样的阵势，郑副局长表现出了临危不惧。他大吼一声，呵斥住混乱的人群，说，请大家保持理智！市委为了解决龙潭公园发生的警民冲突问题，已经派出了工作组，我就是工作组成员之一。而且，我们工作组的组长，就是市信访局的李民生局长。今天，发生了这样不幸的事，我们也很悲痛。但抬着死者去上访，这样的想法要不得，这样的行为更不理智。我们既然是市委派来的工作组，有权代表市委来处理这件事。如果大家相信我，相信工作组，我希望大家保持克制和理智。一方面，请你们和死者家属收集整理死者的死亡与开发区公安局有关联的证据；另一方面，请法医介入，检查出死者死亡的真正原因。

郑副局长的这番话起了作用，但也有村民不相信，他们道，你们工作组要没能耐解决好的话，我们还是要抬了死人去市里上访。

郑副局长在这种场合，斗胆表态同意了……

听完郑副局长的汇报，李民生激动地握了他的手说，老郑，你做得对，工作组现在就赶往龙潭村。

临出发时，李民生问郑副局长，老郑，市里的法医通知了没有？

郑副局长说，法医正从兰城赶来云湖的路上。

刚要出门，开发区公安局的警车呼啸而至，急促的刹车声刺耳难听。王明礼急匆匆推开车门，冲正要上车的李民生喊道，李局长，天地良心，我们公安局是拘留过村民，但从未动过谁一根毫毛！

李民生没有理睬王明礼，心急如焚的他跨上车门，往副驾驶位上一坐，就冲司机老刘大声道，开车！

第二十四章　还得走群众路线

村民们的情绪显得相当激动，死者段氏家族的成员就更甚。在乡下死了人，是要披麻戴孝的。但现在段家人的孝衣上，都无一例外地写上了"冤"字，特别是死者段氏的不满十二岁的大儿子的孝衣上，竟然写了整整一百个冤字。一百个冤字的孝服穿在一个稚气未脱的孩子身上，在李民生看来，显得触目惊心。

开发区公安局的警察到底打没打人，现在已无法从死者段氏那里得到直接证明。但李民生知道，当时在冲突中被公安局拘留的不仅段氏一人，当时共拘留了八个村民。李民生请人找来了另七个村民，询问在拘禁他们的过程中警察有没有打人行为。这七个村民一口咬定警察打了人。李民生又问他们，警察只打了死者段氏，还是打了所有被拘留的人。那七个村民说都打了。李民生看见面前这七个精神状态良好、行动利索的村民，心中有些怀疑，就说，你们可要说实话，作伪证同样是犯法的。

李民生这话一说，七个村民眼中都闪过一丝慌乱，他们相互瞅了一下，又异口同声说，警察真的打了人。

在李民生询问七个被拘留的村民时，市里来的两个法医正在段家院落里进行尸检。从尸检的结果看，死者段氏生前没有任何被殴打的迹象。

这个结果报到李民生这儿，让李民生松了一口气。尸检的结果印证了他的怀疑。尽管公安局长王明礼有刑讯逼供的前科，但那次的教训对他是深刻的，像王明礼这样狡猾的人，是不会两次犯同样错误的。

既然警察没打人，那为何七个村民硬要一口咬定警察打过人呢？李民生知道，单就法医的尸检报告，很难说服死者段氏家族的人，除非七个村民能够证明警察确实没有打过人。在这个时候，段家人不相信科学，但他们会相信乡亲。

李民生要求两个法医要进一步尸检，查出死者真正的死因。他盼咐完法医，就带着司法局的郑副局长，在村民马小涛的引领下，朝先前作证的七个村民中的一位家里走去。

马小涛跟李民生算是熟人了，这个龙潭村的乡村知识分子，身材瘦削，走在龙潭村的晚风中，样子更像一个落魄的行吟诗人。他对李民生说，警察打人肯定是假的，村里那七个证人一定是作了伪证。李民生问马小涛为何如此肯定，马小涛说，农民最了解农民，他们真要遭了拳脚，早住在乡卫生院里哼哼了。李民生不解，说既然警察没打人，为何七人一口咬定了作伪证？马小涛说，李局长，他们心里日气警察嘛。这开发区公安局的警察，说真的差不多就是云湖集团的职业保安。

马小涛引李民生来的这家姓艾，这艾家男主人叫艾四喜。李民生的到来，让他有些慌张。见他的慌张样，经验丰富的李民生来了个单刀直入。李民生严肃地说，艾四喜，你作伪证了。

司法局的郑副局长也是一个紧逼高手，他说，艾四喜，作伪证是犯罪行为，你知道不？

这一唬二吓，艾四喜就招架不住了。他说，我恨开发区公安局那帮孙子，他们是云湖集团的狗，去咬我们农老二，我心里日气，想乘机栽赃他们一把。干部同志，我错了，他们确实没打人。

郑副局长毕竟是法律方面的行家，知道空口无凭，就从提包里拿出笔记本，从中撕下一页说，艾四喜，你别紧张，你知错就改，还是好同志。你写一个警察没打人的证明给我们，就没你的事了。

艾四喜想都没想，就提笔歪歪扭扭写了证明材料。

李民生一行如法炮制，先后又走访了另六位作伪证的村民。各个击破的方法相当灵验，七人均证明警察没有动手打过人。

但死者段氏家族的人却不服，说证人们胆小怕当官的，翻云覆雨了。段氏家族的人说，一条活蹦乱跳的汉子，说死就死了，连个说法也没有。

但遗憾的是，两个法医忙活了整整一天，也没查出死者的真正死亡原因来。找不出真正的死亡原因，死者家属对工作组依旧不依不饶。

李民生只得亲自请示市委，让市委再派专家来。

夜里，李民生一行为了稳定事态，没有回住处，他们被村委会安排在了各个农户家。李民生觉得这样的安排很好，能够真正深入群众。在乡下，干部只要放下姿态，跟农民住上一宿，吃上两顿粗茶淡饭，一般就能听到他们掏心窝子的话，了解到最为真实的基层情况。

李民生和老黄被安排到老村长曾老太爷家。这曾老太爷家在龙潭村生活境况一般，屋子已经很老很破了，院子也不大，但在在龙潭村人心里，这地方还是相当气派，这自然有爱屋及乌之嫌，因为这院子里住着曾老太爷。本来，老太爷这称呼，过去是龙潭村人用来称呼地主老财的，现在用来称呼老村长，意思中包含了更多的尊重。这曾老太爷在村里一言九鼎，几十年如一日做事堪称村里的楷模和表率。他一直是市县的先进，这一点，你只需从他家那被柴火熏得斑驳的众多奖状上就可见一斑了。

曾老太爷听说安排李民生和老黄住自己家，就吩咐儿媳妇把家中唯一一只大公鸡杀了。李民生和老黄在村干部带领下，才走到曾老太爷家院子门口，晚风就送来了黄焖鸡浓郁的香味。村干部扭头对李民生和老黄一笑说，老村长把你们当贵客了。他那只大公鸡,去年春节他儿子从昆明打工回来,儿媳想杀了为丈夫接风,他都没同意嘞。

村干部这么说,李民生有些过意不去了,就问附近有没有小卖部,他想买两瓶烧酒。村干部摆摆手说,李局长,那样老村长会不高兴的。再说,老村长酿得一手好酒,你喝喝他的杂粮酒就知道了。有一次省里领导来,喝了这杂粮酒,说它赛茅台嘞。

恭敬不如从命,李民生只好作罢,任村干部把他们引进老村长家院子。

在院子里,李民生闻到了另一种香味——茶香。

此时老村长正在自家的火塘边弓了腰专心致志地烤茶。这种饮茶的方法,现在在城里已经不多见了。在乡下,烤茶也仅是一些上了年纪人的嗜好了,年轻人嫌麻烦,但真正的原因是烤茶的火候不好把握,搞不好就是弄巧成拙,要么不香,要么就一股焦煳味。真正上好的烤茶一定是浓香尽泛,其妙无穷的。这烤茶需用土罐,在柴火旁慢慢烤,所以,云湖人也称其为罐罐茶。

李民生和老黄喝着这罐罐茶,真是香在口里,暖在心里了。

喝了一阵茶,晚饭时间也到了。黄焖的鲜香土鸡,味道可人。杂粮酒更是名不虚传,口感确实不错。几杯酒下去,老村长的话渐渐多了起来。他说龙潭村向来民风淳朴,现在这样,也是被逼的。他还说这屋子住过的各级干部,几十年来不下百人,有的甚至还在省城当了大官,但这几年少了,干部们都住宾馆了。老黄说,老村长,这也难怪,时代发展了,条件好了。再说,干部下乡都住乡亲家里,也打扰乡亲们的生活。老黄的话让老村长有些不高兴,说老黄的话生分又见外。看老村长面有不悦,李民生赶忙给他的空杯里斟酒。老村长就是想不通,现在有些干部,把老百姓都当成洪水猛兽了。他说,我听有的干部说龙潭村人是刁民,他们为何不好好想想,老老实实的庄稼汉,咋变刁的?

老黄嘴里嚼着香喷喷的鸡块问,老村长,咋变的?

老村长把酒杯端起一饮而尽说,不是干部逼的,就是有钱人逼的。往龙潭村向西走出二十余里地,是桃源村,那可是过去有名的模范村。前些年,也是云湖集团,看中了它那两千亩起起伏伏的山地,说是修高尔夫球场的好地方,就跟政府合计,要那两千多亩山地。那两千多亩山地虽然种不出水稻,但玉米、高粱什么的,可是能种的。所以,村民们都舍不得出让。但上面的干部来了,国际国内形势讲了一遍,还说什么开发才有前途,而且项目关系到全市旅游休闲事业,要桃源村这模范村再做一次模范。既然是模范,总不能太落后,于是就接受了低廉的价格出让了土地。人家开发区的云湖集团积极性真高,一年半载,就折腾出一个到处是绿草的高尔夫球场。桃源村的人见了这么漂亮的球场,也很高兴,领导们也喜欢往那里去。总之,大家都光彩极了。但没有多久,桃源村人脸上的光彩不见了,一个个变得比从前还要灰头土脸。一村人都闹上了肚子痛的毛病。请专家来村里看,才知问题出在了高尔夫球场上。那高尔夫球场的化学用剂污染了他们的水源。现在,他们喝水,都得用农用车来我们龙潭拉。

高尔夫球场,李民生在省城见过,那绿草莹莹的球场也会污染环境,这是他过去不知道的。他想,自己不知道,但审批项目的单位和领导应该知道,于是就脱口而出,这样的事情,负责该项目审批的干部是吃素的吗?咋没有人问责?

老村长拿起酒壶给李民生、老黄斟满酒,又把自己的空杯斟满说,不瞒二位领导,现在老百姓们都怕干部,特别怕有作为的干部。这话,真让李民生、老黄不明白了。

看见李、黄二位干部如坠五里云雾的样子,老村长笑了笑,李民生和老黄都觉得面前这位老者的笑太高深莫测。

——今后,你俩会明白的。

那个晚上,原本是相对轻松的一个夜晚。但老村长这么一句话,让这市里来的两个处局级干部再也轻松不起来。

第二十五章　警察没打人

从市里请来的医疗鉴定专家有了最终结果，死者死于突发心肌梗塞。但这个科学的结论却让死者家属相当不满，他们失去理智的内心固执地认为这是个官官相护、瞒天过海的结果。他们团团围住了那两名文质彬彬的医疗鉴定专家。不堪入耳的谩骂让两位专家惊恐不已，面红耳赤。死者家属们甚至向两位专家提出了无理的要求，要两位专家把鉴定结果改为暴力致死。

这两位医生看似弱不禁风，但原则面前却表现出了知识分子特有的大义凛然。尽管愤怒和悲伤的人群让他们恐惧如秋风中的树叶，但他们依旧用坚持真理的语气说，心肌梗塞，确实是心肌梗塞。

死者家属对这两位专家的固执充满了深深的失望。这种失望进一步加重了他们的愤怒。他们找来了麻绳，将两位专家捆在了棺材前那棵郁郁葱葱的李子树上。更为可恶的是，有人竟然往束手就擒的两位专家脸上吐了两口浓痰，这两口浓痰招惹来的绿头苍蝇，一会儿痒痒地在两位专家略显苍白的脸上踱步，一会儿在他们的耳畔发出让他们心烦意乱的嗡嗡声。

李民生赶到死者家门口时，很后悔自己没能拒绝老村长的一片盛情，为一碗早晨热气腾腾的鸡汤面耽搁了太多的时间，让这两位专家吃了苦头。又气又恼的他扑进院门就厉声吼道，是谁干的？市里来的专家也敢捆，还有王法吗？

他边吼边冲过去解捆在两位专家身上的麻绳。就在这个时候，他听到一声稚气而又尖利的叫声，谁敢解绳子，我就劈了谁！

李民生回过头，就看见一个白衣飘飘的少年，手握一把明晃晃的菜刀，面无表情地站在檐坎上。

李民生看见，他的白衣上，写满了密密麻麻的冤字。

从他那一身披麻戴孝的装扮上，李民生知道，这少年是死者的儿子。

你们为什么捆人？李民生盯了少年问。

他们官官相护！

少年的语气斩钉截铁。

你难道不知道捆人是犯法的吗？李民生的语气中充满了威慑。

少年头一昂，手举明晃晃的菜刀咬了牙说，干部，我告诉你，我还知道砍人是犯法的！

李民生惊讶了！这个少年话的意思李民生明白：我知道砍人犯法，如果你胆敢给他们解绳子，我就敢砍你。

这让一贯沉稳老成的李民生有些不知所措。对于一个对干部充满了敌意和怀疑的少年，任何语言都是苍白的。李民生很清楚，这少年的话不仅是一种威胁，更是一种警告。

这时老村长和郑副局长带着七个证人来到了院门口。一看这触目惊心的一幕，老村长用苍老的声音呵斥道，段三毛，把刀放下！

这个被称做段三毛的少年在这苍老的呵斥声中颤抖了一下，但很快又镇定了，他说，曾爷，我不放刀，我想砍人！

老村长走上前去。他走向段三毛的样子像一只赴死的飞蛾。老村长走到段三毛面前的檐坎下，对高站在檐坎上的段三毛伸出干瘦的脖子说，三毛，想砍人，你就先把曾爷砍了。

段三毛抹了一下鼻涕，跺了一下脚说，曾爷，你不要逼我，我可不是拉架子吓人,我今天是真想砍人,我想砍这些官官相护的狗官。

老村长问,谁护谁了?

段三毛用刀指了指被捆的两个专家,又用刀指了指李民生说,他们!都是他们护着开发区公安局。警察打死了我爹,他们颠倒黑白,硬要说我爹是犯心脏病死的!

警察没打你爹!

说话的是郑副局长,他边说边从提包里拿出了那七份证人写的证词,把它摇得哗哗响。

狗官,你也护着警察!少年像一个侠客,指着郑副局长的刀满是寒光。

警察真没打你爹!

曾老太爷认真肯定地强调说。

曾爷,你……你咋跟他们一个鼻孔出气呢?少年的语气中明显少了尊重,多了鄙夷。

曾老太爷转过身,用手指着站在郑副局长身边的七个证人说,这七人都是你叔叔辈的人,他们跟你爹一起被警察抓的,他们可以作证,警察没打你爹。

这时,看热闹的村民越集越多了。他们指指点点,唧唧喳喳议论开了。

七位证人异口同声对少年说,三毛,警察没打过你爹,真的没打过。

七个证人的话让少年更加愤怒了,他脆弱而稚嫩的内心显然已无力承受这样的愤怒。他把刀指向这七位证人说,七位叔,昨天你们还信誓旦旦,说警察朝死里揍我爹嘞,咋在干部面前,就变卦了,说谎了呢?

这时人群中有人大声质问七个证人,干部给了你们什么好处?

这时,七个证人之一的艾四喜战战兢兢走上前,一直走到那棺材前,扑通一声跪下说,段哥,四喜当着你的面,说真的了。

我们说警察打你,是我们七个人心里日气,恨警察抓我们去蹲拘留。我们想乘机栽赃一回警察,也整一下这帮耀武扬威的龟孙子。但现在市里干部来了,他们是带了公道来的,所以我们不想说假话了。段哥,你要活着,也会说真话的,我现在代你说,给你的亲人讲,给乡亲们讲,给市里的干部讲,警察没打人,行吗……

艾四喜的话音刚落,又一个声音响起来。

那是段三毛手中的菜刀掉到地上发出的声音……

一场本不该有的闹剧,就这样戏剧性地收了场。李民生一行虽说是如释重负,但心里都没有那种应有的轻松喜悦。相反,他们的心情相当沉重。

两位医疗鉴定专家在出了村口后,跟李民生和工作组的成员道别。他俩深有感慨地说,过去我们对你们这些吃皇粮的干部也有误解,总以为你们一天只是坐在办公室里,一张报纸,一杯清茶,一番高谈阔论,就拿薪酬了。现在才知道,其实你们也不容易!

李民生笑了,是那种宽慰的笑。他拍了拍两位专家的肩膀说,能得到你们的理解,我们也该知足了。这次让你们受了惊吓和委屈,我在此赔不是了。

于是,李民生张开双臂,真诚地拥抱了两位专家。

临上车时,其中一位专家突然很认真地问道,李局长,要是公安真的打了人,这场戏咋个收场?

李民生笑了一下说,我也不知道。

送走了两位专家,李民生突然觉得好累。他转身对老黄说,老黄,这几天我们都像上了发条的钟,现在也该停一下了。这样吧,我们今天下午不干活了,找个茶馆吃茶去!

一听说吃茶去,大家都高兴起来。

他们在开发区里找了一家茶馆,要了一间包房。进包房后,进来一位女服务员问喝什么茶,郑副局长说,李局,我们喝普洱如何？

服务员就问，是熟普还是生普？

李民生显然是喝普洱茶的外行，有些发蒙地问，你说什么？

郑副局长赶忙说，肯定是生普，熟普没劲，不懂普洱茶的人才喝熟普。

服务员就笑说，看来先生是普洱茶的行家了。那喝老茶还是新茶？

李民生接上说，当然是新茶。我请客，怎么可能让大家喝老茶？

老黄就笑，说，李局，外行了不是？这普洱茶越老越香，年份越久远，茶品越好嘞。

李民生被老黄这一笑，有些尴尬，他朝服务员挥挥手说，那就来老茶。

服务员又问，先生要喝多少年的？我们有五十年的，三十年的，十几年的老茶，你要哪一种？

这下李民生为难了，他搔了搔头皮说，老黄说越老越香，那就来五十年的。

服务员说，我们五十年的老茶三千八百八十元一泡。

什么？

李民生被茶价吓了一跳。

如果先生嫌贵的话，就喝十几年的老茶吧，价廉物美，口感也好，才八百八十八元一泡。服务员热情推荐道。

我的妈！八百八十八元一泡茶还价廉？李民生赶忙摆摆手说，还是来绿茶吧。

李民生要了一壶八十元一泡的绿茶。

没有喝上普洱的郑副局长说，李局，没想到你很抠门嘞！

李民生就笑，说，郑副，你打土豪呀？一个公务员，多少工资？喝八百八十八元一泡茶那不是成心挨老黄查吗？

老黄说，老李要真请，我保证不查你。

正在为大家沏茶的服务员笑道，一看大家都是领导，就是喝三千八百八十元一泡的老茶，也不为过。不瞒你们说，我们这些老茶还真是为你们领导准备的。

李民生就摆了摆手说，小姐，那你们白费心机了，没有领导喝得起这么贵的茶的。

服务员一笑说，领导，你错了，开发区公安局的王局长，非这五十年的老茶不喝嘞。你们领导，还说什么贵不贵，反正有人请你们的客，给你们埋单。

李民生问，小姐，这王局长谁给他埋单？

服务员就又笑，说，领导，这可是商业秘密，你想让我被老板解雇呀？

大家喝茶，聊天。聊来聊去话题又回到工作上来了。老黄让服务员出包房去，服务员就退出去了。老黄让老唐把包房的门也关了。他说，今天这茶喝得值。这王明礼，据群众反映，出手阔绰，吃千元的饭菜，眼都不眨一下。今天我们可是亲耳听到的，非三千八百八十元一壶的老茶不喝。我不禁要问，他哪来的钱？我去云湖集团调查，就有员工向我反映，说王明礼经常到云湖集团报账。一个公安局长，要是被企业家养起来，那还不成企业的恶狗？

郑副局长深有同感地说，老黄话虽重，但在理。他即使不像一条恶狗乱咬人，至少在处理问题时，立场上也要出问题。我发现现在很多冲突都跟立场有关。如果你处理问题站在企业一边，群众咋会满意？再说了，吃人的嘴软，企业老总干了违法犯罪的事，能不帮人家捂？

李民生听了郑副局长的话说，这次滥用警力，绝非是公安局一时冲动，而是郑副局长说的立场问题，那就是王明礼坚定地站在了云湖集团一边。我今早在死者段氏院子里，被证人艾四喜说的两个字深深震撼。他说的两个字叫公道，他说我们是带着公道来的，所以才肯为我们作证。不讲公道，老百姓心里能平吗？不闹事才怪！我想，我们今后这几天的工作，就是由老黄带头，把王明礼跟云湖集团的关系摸清楚，特别要搞清楚他跟云湖集团经济上有没有牵扯。搞清了这些，也就找到了这次警民冲突的真正症结。

茶会，就这样不知不觉间又变成了一个工作会。

第二十六章　伤了心和肝

老黄凭着在纪委积蓄的办案经验，很快就将王明礼与云湖集团的关系摸了个清清楚楚。让老黄震惊的是，王明礼不仅把自己的请客吃喝费用往云湖集团报，而且，他还拥有云湖集团的股份。

掌握了这些确凿的证据，李民生带领的工作组的使命也就结束了。就在工作组从云湖返回兰城后的第三天，王明礼被清理出公安队伍的处理决定已下达到云湖开发区公安局了。

对李民生率领的工作组，市委陈书记对他们办事的高效给予了充分肯定，特别是对中间出现的猝死事件的妥善处理，更是赞赏有加。在庆祝工作组圆满完成任务的宴会上，李民生当着书记和市长的面，提了一个有些煞风景的问题——

龙潭公园，还要不要开发？

书记和市长互相看了一下，特别是市长，面有不悦之色。倒是书记显得轻松，他反问道，这个问题，你们工作组咋看？

工作组的人，都选择了沉默。

书记问，民生，你咋看？

李民生看了看工作组的其他成员，清了清嗓子说，我的意见是叫停，真要开发，得让龙潭村委会与云湖集团协商。

一直没言语的市长现在说话了。他说，李局长，别以为那龙潭公园是香饽饽,人家云湖集团已经向市政府提出退出该项目了。

陈书记点了点头说,退出好,别捅这马蜂窝。我今后见了朱总会表扬他的。企业家嘛,还是要有点大局意识。

市长苦笑了一下说,朱总退出了,可云湖开发区管委会却叫苦不迭了。人家云湖集团打给管委会的土地出让金,其中的一部分被管委会提留抵烂账了,这下可好,拿什么还人家呢?

这下轮到陈书记火了,他拍了一下桌子说,这管委会也太无法无天了,土地出让金也敢用?

市长脸上的苦比笑更多了,他点上一支烟,抽了一口说,书记,岂止是开发区,下面各县区,哪家没用?人家老百姓都把我们叫卖地政府了。现在,什么都得靠土地,招商引资要土地,改扩建要土地,政府财政更离不开土地。说真的,李民生局长面对的最多的信访事件,十之八九跟土地有关,他都快成灭火队长了。现在我这市长,当得可谓焦头烂额,不发展不行,要发展,就得招商引资,要招商引资,就得有土地供人家建厂,搞开发。但一动土地,农民就会蹦起来。龙潭公园事件,像王明礼这样的公安的害群之马,确实是滥用警力,把自己当了企业的家丁。但处理王明礼后,公安方面就议论开了,都说今后有了纠纷,谁敢出警呀?

话题这样谈下去,就不是庆功宴了。陈书记毕竟善于快刀斩乱麻,他大手一挥,对市长说,这方面的问题,我们得开常委会专题研究,再有天大的事,人也要吃饭。开酒——

服务员还没给大家斟好酒,李民生的手机就响了。李民生打开手机,一看是妻子耿莲打来的,就赶忙离席,走到包房外的过道上,接听耿莲的电话。

耿莲在电话里着急地问,李民生,你现在在哪里?

李民生压低了嗓门但依然用很生气的语气训斥耿莲,我跟书记、市长在一起有要紧事,你搅什么局呀?

电话里传来一阵抽泣,接着就是声嘶力竭的声音——

李民生，你就是跟皇帝在一起，也给我赶紧到市人民医院来！娇娇出大事了！

李民生一听说女儿出了事，心一下子就提到了嗓子眼了。他着急地对着手机问，耿莲，娇娇到底咋啦？

耿莲哽咽着说，你来到医院就知道了。

李民生赶忙走进包房，把老黄叫出来，向他说了娇娇进医院的事，请求老黄代他陪好书记、市长，就冲出了酒楼，拦一辆出租，直奔医院去了。

李民生在市人民医院门口下了出租，付了车钱就三步并作两步往病房赶。在过道上，李民生差点撞倒了一个正准备为病人换药水的护士。

他一冲进病房，就朝坐在病床旁默默流泪的耿莲大声问，娇娇出什么事了？

耿莲满脸泪水抬起头来，又羞又气的她满脸赭红，她小声道，民生，你粗声大气干啥？还怕别人不知道？娇娇，娇娇她……

耿莲边抹眼泪边侧身看了一眼在病床上昏睡的女儿，痛苦地摇了摇头。

娇娇到底咋啦？耿莲，你说话呀！李民生着急地扑上前去，看着一脸苍白地躺在病床上的女儿问妻子耿莲。

耿莲的样子像是自己做了什么丢人的事一样，头低垂下去，叹息一声说，娇娇她流产了……

妻子的话让李民生如五雷轰顶。他瘫倒在女儿病床前的椅子上，目光木然地看着昏睡的女儿。在女儿疲惫的脸上，分明还透着几丝稚气。

他呆呆地盯着女儿的脸看了半天，越看越难受，心中像有一把锋利的刀子在剜他的心，在割他的肉。作为父亲，他知道自己疏忽了，失职了。第一次，也是最深刻的一次，他清楚地知道自己不够格，不够格做一个少女的父亲。对于一个花季少女，李民生知道，流产对她意味着什么，未来的人生之路上，她要承担多少因过错而带来的重负和伤害。

她的同学们知道这个事吗？李民生问耿莲。

耿莲痛苦地点点头说，知道。娇娇是上体育课时剧烈运动流产的。当时她就晕过去了，是她的体育老师和几个身强力壮的男同学把她送进医院的。

李民生铁青着脸，紧皱了眉头问耿莲，是谁作的孽？

耿莲叹一口气说，还会有谁，她的男朋友强强呗。

唉——李民生叹息一声责备说，耿莲，你作为一个母亲，咋不跟自己的女儿讲，谈恋爱也要保护自己呢？

这样的责备让耿莲无法承受。在耿莲看来，李民生的话是十足的刁难，所以，耿莲就像一个被按到水底的皮球一样，突然间就蹦起来了。

这蹦起来的皮球，很容易地就变成了炸弹。

李民生，你什么意思？娇娇出了事，你就把责任往我身上推？嗨，你到底还是不是一个男人？我作为一个母亲咋啦？难道我知道我女儿谈恋爱了，就往她手里塞一盒避孕套，对她说，做那事时，你让你男朋友把它戴上？李民生，谈恋爱要保护自己，你想想你当年跟我谈恋爱的时候，你如何引诱我的！你们男人，想得到我们女人，啥招没使过？娇娇才几岁？她才十六岁多一点，能经得起那些花招的诱惑？我先前告诉你娇娇恋爱了，你那副无所谓的样子，你忘了吗？我要是你，早就去找那个强强了，警告他离我家娇娇远点。可你，成天只知道你的信访工作。你不是替别人鸣冤昭雪很有一套吗？今天你咋不为我伸伸冤？

耿莲这一发作，李民生就不敢言语了，他自顾低了头，坐在椅子上，手握着娇娇露在被子外的手。

李民生感觉娇娇的那只手，无助而冰凉。

我们不能这样，耿莲。李民生注视着娇娇被自己握住的手说，我们不能让她看见我们这样子。如临大敌，像是一场灾难，这怎么行？我们必须装出轻松无所谓的样子，把它当做她生的一场小病。我们要鼓励她，安慰她，告诉她谁都可能犯错。一中不能再上了，我去找找人，把她转学去二中，这样，在学校里，才不会有人背后对她指指点点。娇娇这孩子，本来就脆弱，我们再给她压力，她心里要扛不住，那就麻烦了。

耿莲含泪点头，表示了同意。

耿莲出去问医生，娇娇需不需要住院。医生告诉耿莲，这样的小手术没必要住院，说只要休息一会儿，人醒了，就可以回家了。

娇娇在晚上八点多一点醒了过来。看见守在床前的父母，羞愧难当的她突然一拉被子捂住了脸。看女儿这个样子，李民生伏下身去，和着被子抱着女儿说，娇娇，没什么羞愧的，你不过是因为爱犯了点小错，今后，学着保护自己就是了。

李民生的话充分地缓解了女儿的压力，她掀开被子，冲李民生、耿莲喊了一声爸和妈，就扑在李民生怀里，放声痛哭开来。

等娇娇哭够了，李民生一把将女儿从病床上抱起来，大步走出了医院。

女儿像一只受伤的羊羔，蜷缩在他的怀里。此时，做了十六年多一点时间父亲的李民生，真正明白了父亲这个词的真实含义。

第二十七章 被利用的爱

娇娇在家里躺了一个星期，身体恢复了许多，但情绪却变得糟透了。在这个星期的时间里，她一直在等强强的电话，但自从娇娇出事后，强强就似乎一直在躲着娇娇。等待了一个星期后的娇娇，在经历了情感的痛苦煎熬后，终于主动拨了强强的电话。但电话里却告诉娇娇呼叫的号码是空号。

但娇娇并不气馁，她知道自己要找到强强易如反掌。强强在兰城市的生活轨迹娇娇清清楚楚，所以她不费吹灰之力就在一家电玩室里找到了正专心致志打电子游戏的强强。

愤怒的娇娇质问强强是不是存心躲着她，强强头也不回，目光专注着电子游戏机的荧屏点了点头。

强强说，娇娇，你让我出了丑，同学们都在笑话我。

强强如此不负责任的话深深地刺痛了娇娇，她的眼泪哗哗流了出来。她说，是你让我出丑的，还反咬一口，你还算是男子汉吗？

强强突然回过头来说，李娇娇，你真无耻，你不把我当男子汉，还来找我干什么？

娇娇眼睛鼓得像要跳出来说，我来找你，是要你负责。

强强站起身来，耸了耸肩说，我要对谁负责？对你？还是那个已经流掉的孩子？李娇娇，我实话告诉你，我连我自己都没法负责，我还能对谁负责？你身上带钱了吗？带了借十块给我，我想买一包烟。

娇娇气得直跺脚说，强强，你去死吧！

强强白了一眼娇娇，就自顾走了，像一阵风一样。

娇娇的初恋，就这样在经历了一次创伤后，平淡地画上了句号。娇娇伤心了一阵子，但在路过一家冷饮店时，娇娇一口气吃了两个冰激凌后，就不怎么难过了。

但耿莲难过。作为母亲，她的心里痛苦不堪。每天夜里，她都会低声抽泣，搞得李民生也睡不好觉。李民生好言相劝，她就对李民生又是掐又是踹的。她整个人在李民生看来，已经神经质了。

女儿出了这样的事，做父母的，心里没有伤痛那是哄鬼的话。但无论是女儿，还是耿莲，明天依旧还要继续。李民生知道，自己责无旁贷地要承担起这份沉重。所以，不管耿莲怎么吵闹，他都选择了承受。对女儿，他更是像对待一件易碎品，小心地呵护着。李民生把希望寄托给了时间，他相信，随着时间的流逝，这个家，会渐渐地正常起来。

但耿莲的吵闹并没有随着时间的推移有终止的迹象，而是更加变本加厉。娇娇变得沉默、自闭，总是一个人躲在自己的屋子里。李民生托人把娇娇转到了市二中，但娇娇去了不到半月，她的班主任就给李民生打电话了。班主任老师告诉李民生，娇娇学习不主动，很消极，而且，对老师和同学不仅疏离，还充满敌意。

家庭的压力，已经让李民生苦不堪言，但更大的压力却是来自工作上的。鲁馨予老人一家的遭遇震撼着他，拷问着他这个信访局长的良心。那个叫范敏的女人，她的勇气和正义感让他佩服，应该说，她是坚强的。但一个坚强的人却疯了，这说明她已经绝望，对昭雪的绝望。作为一个信访局长，如果自己对这两个女人的遭遇坐视不管，马虎了事，在李民生看来，无异于犯罪。

他决心要向市委陈书记汇报。但要汇报，却不能用范敏的上访材料，因为一个疯了的人的上访材料是不能采信的。所以，他决定去找鲁馨予，动员她写一份上访材料来。

信访局长的工作，最重要的就是制止上访。而现在，李民生却要动员人上访，这多少有些黑色幽默的沉重。

驱车前往云湖的路上，李民生这样问司机老刘：老刘呵，我这信访局长，去动员别人上访，传出去，怕是兰城市的特大新闻？

老刘不言语，他只是笑。在李民生眼里，老刘的笑意味深长。

李民生对老刘这样的表现很不满意，他没好气地说，老刘，你笑什么呀？我讨厌你那种暧昧的笑。

老刘依旧笑，他盯住前方问，李局，我暧昧了吗？我只是想，如果老人拒绝写上访材料，该咋办？

李民生觉得老刘的想法有点莫名其妙，他皱紧眉头问，老刘，你是说鲁馨予会拒绝我，不给我写上访材料？她一家子被弄得家破人亡，就不想讨一个公道？

老刘说，对于一个风烛残年的老人，公道有何用？李局，我没记错的话，老人第一次来局里找你时，她是这么说的：我是替我女儿来上访。那意思就是，她并不想上访。

李民生不同意老刘的说法，在他看来，老刘的话既不合情理，也不合逻辑。他说，老刘，你扯淡吧。

老刘并不生气，他还是笑。但这个笑容显得有些高深莫测。一个人长期给领导开车，时间长了就会显出这种高深莫测，在李民生看来，老刘的做派是十足的机关车油子。

老刘，你给我装样，是吧？李民生生气道。

老刘说，李局，我咋个要跟你装样？你想，这鲁馨予，她是个矛盾体。如果她告云湖集团的事实成立，她也是造成她丈夫、儿子死亡和女儿精神失常的罪魁祸首之一。李局，鲁馨予可是云湖集团的高工，在化工技术上是真正的技术领导。可以说，云湖化工污染，她也有着不可推卸的责任。她的不幸，很大程度上也是她自己造成的，就是说她自食其果也不为过。我想，老人内心深处肯定明白这一点，这也是她没有积极上访的原因。

李民生现在明白了，老刘的高深不是装出来的。老刘说的没错，鲁馨予既是不幸者，但同时又是不幸的制造者。在她的内心深处，这对矛盾一直纠缠不清，所以，她选择了沉默。但女儿的不幸又让她不得不替其上访，但对上访的结果，却并不关心，或者说，她根本就不需要这个结果，甚至，她更愿意逃避这个结果。李民生想起在云湖岸边见到的鲁馨予，她的克制和平静，都是因为内心强烈的矛盾。正是内心矛盾的痛苦，让她成了倾诉者。在那个时候，她更多地把李民生当做了倾诉对象，而不是信访局长。

明白了这一切的李民生，就更加为鲁馨予感到悲凉。他知道，像鲁馨予这样的知识分子，在自我反思的过程中，一定是忏悔和自责更多地占据了她的心灵，使她没有更大的心理能量去追究云湖集团所犯下的罪恶。面对云湖集团和朱总这样强大的存在，她轻易地就放弃了反抗。所以，当范敏因揭露云湖自杀之谜背后的真相，被朱总强行送进疯人院后，她宁愿相信自己的女儿是真的精神上出了问题。如果不是精神病院有良知的医生将范敏在病房里写的材料带出来，她甚至会继续相信下去。

但现实跟她开了一个残酷的玩笑。在她相信女儿疯了的时候，女儿没有疯，她比谁都正常；她不再相信女儿疯了的时候，女儿却真疯了。这个残酷的玩笑让她因为母亲的本能而生成的抗争又因此毁于一旦。

真的是这样吗？

能够回答这个问题的只有鲁馨予老人，一切推测离真实总是相去甚远。

李局，恕我直言，我觉得你是跟云湖集团较上了劲。

司机老刘这话让李民生一愣，但他马上做出了否定的表示，不，我为什么要跟它较劲？

老刘说，是你的性格使然！

老刘，李民生说，你在机关待这几十年，都待成精了，什么性格使然？别越说越玄乎了。

老刘超过一辆重型卡车，从快车道又回到正常行驶的小型汽车道，让车速保持在一百码的均速后说，你的性格决定了你的对手。当你感到某种强大的势力的时候，这种势力就成了你的对手。李局，你自己公平地评价一下自己，你是不是一个特喜欢较劲的人？像王明礼，在兰城当公安时，黑白道上的人哪个提起他的名字不畏惧三分？但你不怕，一个刑讯逼供的上访信，让你一查到底，王明礼只得疏通关系，远走云湖。这次又因滥用警力，被你候了个正着，丢了警察的饭碗不是？

连老刘都这样看问题，李民生心中不禁一惊。李民生摆摆手说，老刘，王明礼的事，不是我硬要跟他过不去。我带工作组去云湖时，根本就不知道云湖开发区公安局的局长是王明礼。我怎么候个正着？我什么时候候了？你这话，欠公允不是？

老刘赶紧赔不是，说，算我说错了。

这时，云湖又出现在了他们的视野中。

云湖，总让看它的人眼睛一亮。在这高原上，湖是弥足珍贵的存在。

第二十八章　报复，没有底线

这样的结果李民生始料未及。

鲁馨予老人死了。

邻居说，收尸的是她的女婿朱锐。鲁馨予老人似乎对死有了足够的准备，在她去世的前三天，她留下了遗书。遗书很简单，就是她去世后，骨灰撒进云湖。

骨灰是朱锐撒的。据邻居说，撒老人骨灰那天，晴天突然笼罩阴霾，原本风平浪静的湖面，一下子起了大风，湖上鸥鸟惊叫翻飞。

在李民生看来，这鲁馨予老人用另一种方式投了云湖，步了她丈夫和儿子的后尘。

邻居对李民生感叹，说老人一家真惨，不知上天为何要跟她一家过不去。

李民生问邻居，真的是上天吗？

邻居被问了个莫名其妙。

老人死了，可供采信的证据没了。沮丧的李民生回到兰城。

回到兰城的李民生接到了一个陌生的电话。

电话是王明礼打来的。王明礼说，李局长，我想跟你谈谈。

李民生本想告诉王明礼，说我们之间没什么好谈的，但转念一想，看看这王明礼葫芦里卖什么药，兴许并不是坏事。就问，在什么地方？

王明礼显然对李民生的爽快没有足够的心理准备，电话中出现了短暂的沉默。

李民生的爽快让自己一下子在心理上占了上风，他猜想王明礼肯定一瞬间陷入了手足无措的窘境。

短暂的沉默之后，电话里重新传来了王明礼的声音，就在兰城大酒店二楼茶室，我在那里等你。

李民生赶到兰城大酒店二楼茶室时，王明礼已经在那儿喝了半杯茶了。王明礼说，我原以为你不会来。

李民生说，我说了来，就一定会来。

王明礼夸张地拍了两下巴掌，然后又竖了一下右手的大拇指说，李局长，你是条汉子。

李民生冷笑一声说，是不是我不答应，就不是条汉子了？

王明礼赶紧拍手说，李局长，说哪里话，是汉子终究是汉子！

李民生坐定，直视王明礼说，你不是有话要跟我谈吗？我洗耳恭听。

王明礼犹豫了一下，面有难色地说，我是有话要跟你谈，但我不敢相信你，谁敢保证你不带录音机呢？

在李民生听来，王明礼这话太无耻了。他腾地站了起来，准备离开。

王明礼用一个指头轻叩着茶几说，李局长不要激动，我王明礼是个直性子，话丑理不歪。你想，我要谈的话，肯定不是一般意义上的拉家常，也不是朋友的闲聊。我再幼稚，也不会把李局长你这样的人当朋友。我要跟你谈的话，我认为非常重要。

李民生板了面孔说，王明礼，你信不过我，就别请我。

王明礼摊了一下手说，李局长，我是信不过你，但我又觉得我有必要跟你谈谈。说实话，我为此也很矛盾。李局长，我们换一个地方吧。

李民生问，什么地方？

王明礼说，温泉桑拿中心。

李民生想了想，点点头说，行。

两个大男人，在温泉桑拿中心脱了个一丝不挂。李民生不无讥讽地对王明礼说，你不会怀疑我的身体里还埋着录音设备吧？

王明礼嬉皮笑脸说，李局长，你为何如此在乎我刚才说的话呢？我们这样坦诚相见，真实面对，不是挺好吗？李局长，这才真叫一点伪装都没有。

大概因为是下午上班时间的缘故，偌大的桑拿中心的澡塘里，除了他们俩，就再没其他人。温泉水温暖湿滑，泡在里面，有一种销魂蚀骨的舒服。

但跟王明礼这样的人共浴，李民生心里极不舒服。应该说，是王明礼调动起了李民生的好奇心，否则，要李民生跟王明礼这样赤身裸体泡澡，李民生会说一千个不字的。

这样安逸的生活，你不爱它都不行。身子浸在温泉水里的王明礼，冲李民生感慨道。

李民生没有答理王明礼，他半闭着眼睛，似乎正认真地享受着温泉水带给他身体的惬意。

但总有人阻止我去热爱生活！王明礼突然咆哮道，为了强调自己的愤怒，他挥舞拳头，重重地砸向水里。

飞溅而起的水花，湿了李民生一脸。

王明礼！李民生一边用手抹脸上的水一边吼道，你什么意思？

王明礼冲李民生露出一个装模作样的抱歉笑容，叹息一声说，李局长，还请你包涵，我不过是心中冲动罢了。

你心里冲动，就冲我做样子？李民生皱着眉头厉声问。

王明礼的脸上一副无可奈何的样子。坐在水中的他突然站起来说，李局长，我不冲你做样子我冲谁做样子？难道不是你不给我活路的吗？

李民生也站了起来，他说，王明礼，不是我不给你活路，是你自己不给自己活路。你手摸良心想想，我两次办你的案子，哪次不是秉公办事？你干的那些苟且之事，我捏造个半分，还是栽赃过一条？

王明礼说，李局长，我什么时候说过你不秉公办事了？你每次处理我，我说过半个不字没有？但你这人头脑简单，也就只配对付我王明礼这样的人。我算什么？不过是别人的走卒而已。你有本事，跟大人物斗去。

李民生哼了一声说，再大的人物，要干了法理不容之事，我李民生自然不会放过。这跟本事大小没关系。

王明礼冷笑一声后，目光突然变得寒冷而尖锐，他盯住李民生说，李局长，口是心非了吧？

口是心非？你说我口是心非？李民生用手指了指自己的鼻尖说，我跟你这样的人说话，我告诉你，就一个字，累！

李局长，蹲下来，蹲下来泡，别激动。王明礼一边招呼李民生，一边自己蹲了下来。

李民生拔腿准备上岸去，但他被王明礼拉住了。王明礼说，我们泡着说说话，你是不是认为我冤枉你？你真的没有口是心非？如果这样，我更为你感到悲哀了。你这次带工作组去云湖，干了什么？唯一的成果就是把我搞下台嘛。但是，你想过没有，我王明礼作为一个老公安，擅自使用警力，我有那个胆吗？实话告诉你，开发区公安局请示过开发区党委和管委会，开发区又请示过市政法委和市政府。而你，却硬定了我一个擅自使用警力。

李民生说，工作组调查的时候，你为何要掩盖这些情况，为何要独自大包大揽下这擅自使用警力的责任呢？

王明礼嘿嘿笑了一声说，李局长，我说你幼稚，你还不服。你在官场混，连官场基本的潜规则都不懂。这黑锅总得有人来背，我要不背这个黑锅，领导就得背。

李民生明白，王明礼讲的是真话。但王明礼绝不是代人受过。就凭他跟云湖集团纠缠不清的经济问题，他也保不了他的警察身份。李民生往池沿上一坐说，就算你不替领导受过，你也休想保住你的警察身份。王明礼，不是我李民生说你，你干的出格事，也太多了。

王明礼点头，表示认同李民生说的话。他也从池里坐到池沿上，他说，所以我并不委屈。我今天找你来，不过是想提醒你，你的对手不是我，我算是被你搞趴下的人了，你的对手也不是云湖集团，你的对手会很强大。我现在无官一身轻，乐得做一个观众，我倒要看看你跟你的对手们，谁输谁赢。

李民生一脸鄙夷地对王明礼说，王明礼，你把一切都庸俗化了。我从未想过给自己树立对手，也不希望我成为别人的对手。作为一个信访局长，我就想在干群关系中起一个桥梁作用罢了，你实在高估了一个信访局长的能量。

王明礼瘪了一下嘴说，李局长，你现在知道谦虚了，是害怕了吧？你整我的时候为啥一点都不害怕？你恨不得把我的陈芝麻烂谷子都翻出来。我承认，我很庸俗，没有你高尚，但我过去从未冒犯过你。但你还是饶不过我，好在这一点我早已一清二楚。要不，我就真的要被你整死！好在我还有个儿子，我玩不过你，但我儿子玩得过你的女儿！

这话太可怕了，李民生听了这话顿时浑身充满寒意。现在，他明白了，耿莲过去的提醒是对的，王明礼这个畜生，一直没有忘记报复，甚至卑鄙到利用了自己未成年的儿子。

此时，李民生的眼前，晃动着的是娇娇流产后痛苦而苍白的脸。

王明礼，你毁了两个孩子！

愤怒的李民生，边吼着边扑向王明礼。猝不及防的王明礼，被李民生掀翻进了水池里。李民生随即也扑进水池。两个赤身裸体的中年男人，在殴斗中把一池温泉水弄得浪花翻滚，惊得服务生冲进来高喊，打架了，有人在水池里打架啦！

第二十九章　美丽的说客

　　皮泡脸肿的李民生回到家，吓了妻子耿莲一跳。耿莲关切地问李民生惹了什么仇家，会被人家揍成这样。李民生没有吭声，一个人进了书房，关了门，哭丧着脸，一支接一支地抽烟。

　　妻子耿莲就独自一人坐在客厅里哭，哭声一声比一声高亢。哭声传进书房里，让李民生更是心烦意乱。李民生试图不去理会耿莲的干号，但最终还是丧失了忍耐力。忍无可忍的李民生，阴沉着脸拉开书房的门，大声吼道，你再哭丧，小心我死给你看！

　　李民生的话吓坏了耿莲，哭声随即戛然而止。结婚这么多年，她还是第一次从丈夫口里听到死字。

　　见妻子终止了讨厌的哭声，李民生又退回书房。坐在藤椅上的李民生，脑子里又出现了澡塘里的一幕。跟王明礼这样的人大动干戈，他为自己感到可耻。

　　他独坐一阵后，就凑到镜子前审视自己的尊容。镜子里出现了一张一塌糊涂的脸，这张不堪入目的脸，让他真切地体会到什么叫颜面尽失。

　　这副尊容是见不得人的，特别是熟人。于是他从口袋里摸出手机，拨通了赵副局长的电话，谎称自己得了重感冒，要请假三天。赵副局长有些为难，说下午市政府办打来电话，点名要李民生去参加处理龙潭公园土地纠纷的会议。

李民生说，赵副，你代我去参加好了。

赵副局长说，人家点了你的名的。

赵副局长的话让李民生火了，他说，要是市政府点了个死人的名，是不是也要把他从棺材里拉起来？

赵副局长显然对李民生的发火没有准备，他犹豫了一下说，李局，你不是重感冒，你是患心病了。

李民生不耐烦地说，赵副，你就别胡乱猜测了，市领导要真问，你就说个病字得了。

话还没完，李民生就把电话挂了。

妻子耿莲在客厅里坐了一会儿，越坐越委屈，干脆起身来，到卧室胡乱收拾了两件衣服，就回娘家去了。

耿莲摔门而去的声音，让李民生感受到了她的委屈。他从书房里出来，想追出去把妻子劝回来，但人在客厅中央却僵住了。他于是叹了一口气，就一屁股坐在沙发上，拿起电视遥控板，胡乱地换着频道。

换到兰城电视台的频道，他停了下来。

电视里，市长正在谈发展问题。宏伟蓝图在一番高谈阔论后，在言语的废墟上清晰地凸现出来：GDP，摩天楼，工农业总产值，人均收入，凡此种种，都是开花芝麻。

这样的老生常谈，李民生已经被大会小会相同地折磨过了，犯不着再被电视折磨一遍。在李民生准备拿起遥控器继续换频道的时候，他的手机却无比欢快地响了起来。

李民生以为是耿莲回到娘家，岳父又给他拨电话了。过去总是这样，耿莲负气回了娘家，岳父总要打来电话，大讲一通处理好夫妻关系的正确的废话。所以，李民生拿起手机，号码都懒得看一下就洗耳恭听。

电话里传来的不是岳父浑浊的声音，而是一个年轻女人悦耳的声音。

是李局长吗?

是。你是谁?

你猜猜看。

我猜不着。

李民生最讨厌的就是有人在电话里要他猜,这种拙劣的套近乎的举动让他不齿。他正准备掐断通话的时候,电话的那边自报了家门。

我是宋子歌。

李民生没想到宋子歌会打电话给他,一下子有些回不过神来。

李局长,这么快就把我给忘啦?宋子歌的声音里有着明显的撒娇成分。

哦,原来是宋副主任。李民生问,找我有什么事?

李局长,没事就不能找你吗?

——声音里有了更重的撒娇成分。

这样的通话方式是李民生非常不习惯的,这种方式让他很尴尬。尴尬的他慌忙解释说,宋副主任,我不是这个意思。

宋子歌在电话那一端咯咯笑了一下说,李局长,你别认真,我逗你玩嘞。

这话让李民生很不舒服,他心想,宋子歌,我又不是猴子,你逗我干甚?

宋子歌说,我来兰城办事,想请你出来坐坐。

李民生更没想到宋子歌会主动邀请他出去坐坐,心里越发慌乱了。心里发慌,人就不会撒谎了。

宋副主任,很抱歉,我出不来。李民生摸了摸微微作痛的脸说。

电话里又传来宋子歌咯咯的笑声。她说,是不是怕嫂子呀?

这话让李民生更加尴尬了。在尴尬和慌乱的双重境遇里,李民生显得越发真实了。

我见不得人。李民生说。

又是咯咯的笑声。

李局长，你真幽默。

李民生有些哭笑不得了。

宋副主任，不瞒你，我刚跟人打过架，鼻青脸肿的。李民生解释说。

宋子歌显然有些惊讶，她问，李局长，你跟谁打架了？

李民生说，你认得的人，王明礼。

宋子歌说，这王明礼敢打你？

李民生解释说，是我先打的他。

宋子歌不解地问，为什么呀？

李民生说，不为什么，就是想揍他！

李民生说出这句话的时候，心里突然间涌起一阵快活来。

这么不凑巧？那就等下次你方便再请你了。宋子歌说完，挂了电话。

宋子歌来兰城，要请他李民生去坐，这自然不是朋友间的邀请。自从出现了龙潭公园的纠纷后，云湖开发区的领导躲李民生唯恐不及。而这宋子歌，却主动向李民生发出邀请。这在李民生看来，其中定有文章。

李民生燃了一支烟，猛吸了两口，皱眉想了一阵，就给纪委的老黄打了电话。

李民生用自己最讨厌的通话方式对老黄说，老黄，你猜，今天谁给我打电话了？

老黄自然不会去猜，也猜不着。老黄说，老李，你少卖关子，到底谁给你打电话？看把你兴奋的。

李民生说，老黄，谁兴奋了，我不过是觉得奇怪。宋子歌给我打电话了。老黄，云湖开发区那个做副主任的宋子歌，她主动邀请我，你说奇怪不奇怪？

老黄哈哈一笑说，奇怪甚？你老李走桃花运了呗。

老黄，开什么玩笑！桃花运？你胡扯啥？我是想，这……宋子歌，怕是有啥话跟我说。

老黄又笑，电话里传来的笑声让李民生觉得讨厌极了。

老李，你做信访做得神经兮兮了。嘿嘿，要跟你说的话，怕是情话吧！老李，我可提醒你，这人到中年，感情上爱生枝叶哦。

李民生真是有些后悔跟老黄打这个电话。要知道老黄这样，李民生就是把疑问烂在肚子里，也犯不着招惹老黄。

于是他生气地挂断了电话。

不一会儿，老黄就把电话打了过来。老黄说，老李，你既然心中有疑问，你就去会会那个宋子歌嘛。

李民生听出来了，老黄的话很认真，没玩笑的意思。

李民生想，管他这张脸见不见得人，去会会这个宋子歌。

但他拨过去电话的时候，宋子歌已关机了。

第三十章　信访局长是后卫吗

打人脸的家伙，兴许是世界上最恶毒的人，让李民生这样的人待在家里足不出户，本身就是一种折磨。

心烦意乱的他时不时用手摸摸隐隐作痛的颧骨周围，想想王明礼用如此卑劣的方式报复自己，便清楚这类人为了自己的目的和利益是如何地不择手段。而这种不择手段让他们骄傲，同时，也暴露了他们内心的虚弱。

李民生想，王明礼用自己的儿子作为报复的工具，难道就不怕自己的孩子长大成人后，明晓了是非，到那时，他就不怕自己的儿子憎恶他，唾弃他？他报复别人，也惩罚了自己。

一个失去了底线的人，已经不成其为人，简直就是一个疯狂的畜生。

李民生还想到了自己的女儿娇娇，作为父亲，他的内心充满了疼痛和内疚。他不知道，当女儿在知道了自己少女的初恋是一个潜心设计的阴谋，是一个针对自己父亲的报复计划时，这对她来说会是何等的伤害？

如果自己不是信访局长呢？这样想的时候，李民生知道，自己的女儿就不会受到如此的伤害，她依旧会跟其他孩子一样，是在情感上半懂不懂、对男女私情陌生好奇又半遮半掩的花季少女。

但这个假设仅是一个假设,事实是自己就是信访局长。像王明礼这样的人,之所以报复他,就是他们畏惧信访。能让王明礼这样类型的人畏惧,李民生认定了自己从事的工作有了意义。

——为民做主,从来都有意义。但作为一个信访局长,能真正为民做主的机会,实在不多。信访工作的有限性,常常让李民生甚为尴尬。这种尴尬,在面对鲁馨予、范敏这样的人时,尤为强烈。那种想为他人做主时做不了主的尴尬,更多的时候是一次次良心的拷问。

但又能怎么样呢?李民生记得过去在处理一起房屋拆迁纠纷的信访案件后,上访人送给他一面锦旗,上书"当代包青天",他坚辞不收。李民生知道,信访局长永远成不了包青天,自己就是想学包拯,也没有包拯拥有的权力。

电话止住了胡思乱想。谁这个时候往家里座机上打电话?李民生想,一定是耿莲,只有耿莲知道自己躲在家里见不得人。否则,这样的上班时间,其他人只会打他的手机或者是办公室的座机。

妻子耿莲虽然让他烦,特别是娇娇出事后,耿莲变得更唠叨,更抱怨了,但李民生心里,还是能掂量出耿莲心中的那份压力。李民生拿起电话,就想对耿莲说,回来吧,耿莲……

但电话不是妻子打来的,打电话的人是老局长韩洪春。

韩洪春问李民生,上班时间待在家里,是不是在闭门思过?

李民生说,老局长,我没什么过好思的。

韩洪春就在电话里笑,说,民生呀,跟人在澡塘子里大打出手,还不是过呀?

李民生没有想到,这样的事韩老局长也知道,就有些难堪。他不好意思地说,老局长,这样的事你也知道。

韩洪春的笑声像风中的火苗,嚯嚯嚯一阵后说,民生,信访局长想不被他人注意,难哦。王明礼为何挑衅你?

李民生说,老局长,是我先动手的,这家伙欠揍。

韩洪春依旧笑，说，民生行啊，这信访局长，都是动口不动手的，没想到你还是文武双全。

老局长，你就别取笑我了。李民生说。

韩洪春说，我哪是取笑你，我是佩服你。像王明礼这样的人，给他讲道理，是对牛弹琴。对了，民生，我差点忘了，听人说你盯上云湖集团了，有这回事吗？

李民生想，这韩老局长不是待在家里，就是躺在病房里，咋就整个一个秀才不出门，全知天下事呢？李民生犹豫了一下说，老局长，我觉得这云湖集团问题多多。

韩洪春说，我建议你，能绕得开，就尽量绕开它。

连韩老局长这样的老信访都这样劝他，就让李民生有些不可理解了。李民生愣了一下，这样问韩洪春——

老局长，如果绕不开咋办？

这话问住了韩洪春，电话里出现了短暂的沉默。

老局长，你回答我呀！李民生催促道。

韩洪春叹了一口气说，民生，你来我家坐坐吧，现在就过来，我有话给你说。

李民生想了想说，我马上过来。

为了不让熟人认出自己这副鼻青脸肿的狼狈相，李民生着实花工夫乔装打扮了自己一番。

当面目全非的他出现在韩洪春面前，着实吓了韩洪春一跳。

还说是你揍别人，没想被别人揍成这样。韩洪春调侃的口气里依然夹杂了一份关切和怜悯。

尴尬不已的李民生，本想装作无所谓地笑笑，但韩洪春的那份关切和怜悯还是准确地击中了他心中最柔软和脆弱的部分。他相当努力才克制住没让盈眶的泪水从面颊上流下来。

韩洪春当然看见了李民生的表情，但他装作没看见，若无其事地一边沏茶一边说，当信访局长，没有防守能力是不行的。民生，你有空看看足球赛，这信访局长的角色，就相当于足球场上的后卫。

李民生点点头。

韩洪春把沏好的茶递到李民生手上说，民生，别冲我点头，我知道你做不好后卫，你的个性和气质决定了你是一个前锋。你的毛病是太喜欢主动进攻了，但自己的防守能力却很差。我老头子话说得不好听，但话丑理正，能做药的。

李民生捧着茶，坐在沙发上，突然昂了头问，老局长，那你属于什么角色，前锋还是后卫？

这话问得太直接，像是挑战似的，让韩洪春有些不知所措。他没有想到，李民生会这样问他，一时间，他愣住了。

老局长，你也是前锋！

李民生呷一口热茶说。接着他又补充了一句，你和我一样，都缺少防守能力。或者这么说，我们都耻于防守！

没想到就李民生这两句话，把韩洪春惹火了。他气呼呼地重重一巴掌拍在茶几上说，李民生，你听好了，我是不会防守，但不是耻于防守，我是没有这防守的能力！我错了，你不能跟了我错，你要犯和我相同的错误，你就是一个十足的傻逼！作为一个信访局长，要学会抱全守屈，别去飞蛾扑火，那种壮烈才是可耻的！

老局长如此大动肝火，确实出乎李民生的意料。可以这么说，李民生和韩洪春之间，没有太多师承关系。韩洪春下了台，李民生才调来信访局的。虽然是继任者，但过去相当陌生。这份火气如果是师傅对徒弟的，那就情有可原。但今天李民生却感觉到一份意外和不习惯。

老局长，别激动。李民生说。

我是有些激动，民生。韩洪春长出了一口气说，我这样对你，是不是显得有些过分？但民生，自从你到信访局当局长以后，我这个前任就一直观察你，越观察越觉得你像我自己。你什么事都想弄个水落石出，都想有个结果。但这却是相当危险的。你现在盯上了云湖集团，想把云湖水银污染的这个罪魁祸首给揪出来，让它承担责任，是不是这样？

韩洪春一边追问一边用手指重重地敲打着茶几。

老局长，你连这也知道？是谁告诉你的？李民生惊讶地问。

我怎么会不知道？韩洪春反问道，谁告诉我的不重要，我只是想提醒你，有人告诉我，就有人告诉云湖集团。

那又怎么样？李民生问。

是不怎么样，但它会想办法阻止你，或者是报复你！它甚至会把你的支持者也变成你的敌人！韩洪春说这话时明显加重了语气。

李民生无所谓地笑笑，直视了韩洪春说，老局长，你在吓唬我？

韩洪春听李民生这样说，真是又急又气了，他拍了一下大胯说，我吓唬你干啥？你真以为我退休了，无所事事了？民生呵，你不知道，你误入的是个烂泥塘，是个谁也分不清哪是水哪是泥的烂泥塘。这信访局长，一方面为民请命，一方面为政府分忧解难。但这云湖水银污染，一旦抬上桌面，那就是给政府添乱。到时……

到时会怎样？李民生问。

我也说不清会怎样。韩洪春皱了皱眉头说，民生，几乎所有的人都知道我是因为兰花信访案下台的，但其中的内容，被以讹传讹，竟变了形。真正的内幕，我今天讲给你听。我原本是想把它带进棺材里去的，但今天我改变了初衷。

第三十一章　爱兰者说

下面是韩洪春讲的故事——

因兰而得名的兰城市，跟兰花有着纠缠不清的文化和历史。这种条形、端尖、叶子丛生、春季开花的多年生草本植物，是兰城市的象征。

兰城人爱兰，以此为乐，为荣，几乎家家户户都有几盆几十盆兰花，种在院子里的瓦盆里。就连兰城人家，也喜欢用兰命名自家的庭院，什么幽兰居，什么蕙之寓，真可谓不胜枚举。就是宅门两旁的楹联，十之八九，都是咏兰明志的。只要驻足观望，就会看到诸如"心理气和养兰蕙，修身立德学做人"这样的对子。

韩洪春也爱兰，闲暇时光，大多也是捣鼓兰花。家中，也种了些莲瓣、素花之类，虽不是名贵品种，但也暗香浮动，也算是幽兰之居。就是在信访局的办公室里，韩洪春也托人写了郑板桥的《题画兰》装裱了挂在墙上。那四句诗，他自是脱口而出的——

　　身在千山顶上头，
　　突岩深缝妙香稠。
　　非无脚下浮云闹，

来不相知去不留。

事实上，这四句诗，也是他的座右铭。

但就是这清晶石不为尘垢污，出山也似在山香的兰花，却断送了他的仕途。

在仕途上，爱兰可以，学兰不成。这韩洪春，兰养久了，就自比了兰花。这个本就来自于大山深处的男子，在兰花中品出了太多的心得：居山林自芳，孤贞独抱，就是被命运驱赶入瓦盆，居于嘈杂闹市，也一尘不染，淡雅高素，幽香尽泛。

有此兰德的干部，不好都难。所以韩洪春在信访工作上，呕心沥血，赢得过太多的赞誉和表扬，处理的信访案子，让领导称赞，让百姓佩服。连当时的市委书记也夸他，是经得起历史检验的好信访干部。

但一封与兰花有关的匿名上访信，改变了这一切。

兰城人养了几百年的兰花，养得心平气和，养出了闲情逸致。但进入二十一世纪，情况就有了变化，这安静清幽的兰花，突然间就变得无比疯狂起来。

首先被感染的是花市。那兰花的价格，一天一个价，就像破土的春笋，一个劲地往上蹿，高得令人咋舌。群山之上，都是寻兰之人，一些不知名的山草，被寻兰人从幽涧深谷中找出来，成了市场新宠，过去的一些名花，就更显尊贵，百余万一苗的兰花，不再是市场神话。兰花造就的财富新贵，更是不胜枚举。兰花不再跟性情有关，摇身一变，成为财富的代名词了。一时间，市井草民养兰，达官贵人也养兰。场面之壮观，真可谓是盛况空前。

接着疯狂起来的是贼盗。这原本种在自家前庭后院相安无事的兰花，在市场的疯狂追捧下，也成了盗贼们的主要目标。一时间，兰城市盗贼剧增，翻墙越院者多得让人以为整个兰城市都成了贼窝子。主人只要稍不留神，那些盆中兰蕙就会不翼而飞。兰城公安重拳出击，盗贼抓了不少，拘留判刑者充斥了看守所和监狱，但偷盗之风不仅不减，且还有愈演愈烈之势。许多人家为图一个平安，不惜卖了庭院中养出了感情的兰花，求得黑夜里能睡个安稳觉。更多的人家，兰室里不惜花重金安了监控镜头和报警器。原本安居乐业平安祥和的兰城市，而今风声鹤唳不得安宁，让人们不禁感叹，说都是兰花惹的祸。

因为兰花，兰城市不知上演了多少人间悲喜剧。有人一夜暴富，有人瞬间血本无归，有人甚至还为此搭上了性命。原本的山中草，原本是安安静静地开放，安安静静地香着的，而今却不闻其香，周遭喧嚣着的都是铜臭。

一封匿名告状信，就在这兰花疯狂得尖叫的时候，摆到了信访局长韩洪春的案头。

匿名信状告兰城区政府副区长欧阳晓利用兰花，向市委王书记行贿。

像这样的匿名信，韩洪春有两种处理办法，一是置之不理，把信中内容当做一派胡言（谁能相信匿名信呢）；二是在信封上大笔一挥，转市纪委了事。但韩洪春却采取了第三种办法，那就是亲自来查这个案子。

说市委王书记受贿，韩洪春不会相信，但欧阳晓当上兰城市下辖的兰城区的副区长，确实有些蹊跷，连《兰城日报》都把欧阳晓称为兰城市政坛冲出的一匹黑马。说是黑马，那就是没想到，倍感意外。体坛、文坛冲出一匹黑马，是令人高兴的事情，这政坛冲出一匹黑马，就有些费思量了。

当然，欧阳晓不是韩洪春要亲自来办这桩匿名信访案的主要原因，充其量也就是个次要原因。真正促使韩洪春办这桩案子的是王书记在县处级干部大会上的一次讲话。

王书记在大会上说，在我们兰城市，我们一些干部，什么礼都敢收，什么钱都敢拿。那胆子是越来越大，这人是越来越蠢。你钱拿得越多，脖子上的绳索就越紧。一个领导干部，要那么多钱干什么？你要真想钱，在兰城这个地方，犯不着受贿，专心莳弄几苗兰花不就得了？

当时王书记此话一出，会场上就响起一阵笑声，会议的紧张气氛也荡然无存。有人交头接耳，窃窃私语，表情神秘。

这样的效果，王书记始料未及。他一脸茫然地看着有些许躁动的会场问，难道我哪里说错了吗？你说，我是不是哪里说错了？

王书记用手指的那个坐在前排边上的人是一个局的局长，他站起身子来说，王书记没讲错，只是我们莳弄的兰花，没王书记的值钱。

此言一出，全场轰然。

这件事留给韩洪春印象太深刻了，他首先不明白为什么严肃的会议会成了炸开的锅，其次是对兰花毫无兴趣堪称兰盲的王书记，会在反腐倡廉的会上谈到兰花，还要想钱的干部莳弄兰花。韩洪春看到那封匿名信，就想起了这个让他印象深刻的会议，就有了想查这个匿名信访案的兴趣。

这认真一查，还真就查出了问题。

欧阳晓原是一个乡的乡长，这个乡是兰城区一个偏僻的乡，过去干部怕被派往这里任职，但近年来该乡发现了储量巨大的铅锌矿藏，一下就成了香饽饽。这欧阳晓与铅锌矿的老板打得火热，成了莫逆之交。这官商混在一起，彼此都混出了野心。

铅锌矿的肖老板在铅锌矿上发了大财，但并不满足，得陇望蜀，打起了邻乡铜矿的主意。但邻乡的党委政府领导却不买肖老板的账，硬要把铜矿山给省城来的一家矿业公司开采。这件事让肖老板很恼火。看着别人活生生从自己口边抢去一块肥肉，肖老板说什么也心有不甘。

痛定思痛后的肖老板，决心要在政府部门里培养自己的势力，他选中的第一目标就是欧阳晓。

一天，肖老板请欧阳晓吃饭，就又说到了邻村的铜矿。欧阳晓说，肖总，你跟市委书记都熟，为啥之前不找找他？

肖老板叹息说，欧阳，你又不是不知道，这王书记是尊请不动的神。

听了这话，欧阳晓就只能替自己的朋友抱憾了。

那天酒过三巡之后，面似红脸关公的肖老板突然问欧阳晓说，欧阳，你想不想当管工业的副区长呀？

这话问得突然，突然得让欧阳乡长一点准备也没有。好半天才回过神来的他冲肖老板重重地点了点头，但继而又摇摇头说，想是想，当副区长，咋有我的份？能从乡长变成乡党委书记，我就满足了。

肖老板不语，让手下出饭馆门去，从路虎越野车上拿来一幅字，送给欧阳晓。欧阳晓展开，见写的是"志存高远"四字。肖老板指着这四个字对欧阳晓说，人呵，就该志存高远。当个副区长算什么，像你这样的才干，他日没准能当副市长。

肖老板的话，直说得欧阳晓个眉开眼笑。他放下字幅举杯说，肖总，你把我欧阳的心都说乱了嘞。

肖老板也端起酒杯，重重地与欧阳晓碰了说，欧阳乡长，我姓肖的不是说话诓你，你真的能当副区长，我打包票。

欧阳晓就笑，边笑边摇头说，肖总呀，你就是诓我嘛，你说我能当副区长我就能当？你又不是区人大代表，打什么包票？

肖老板说，欧阳，你真的相信副区长是区人大代表选的？不会这么幼稚吧？你只要搞定了上面的关系，再最后搞定市委王书记，当个副区长，有何难？

欧阳晓还是一脸的怀疑，说，肖总呀，你都搞不定王书记，我咋搞得定？

肖老板说，王书记我搞不定，但你肯定能搞定，只要你按我的方法去办。

欧阳晓说，真能当副区长，你让我上刀山都行。

那咱俩就这样说定了。

第二天，肖老板就带着欧阳晓进了兰城市区，在一个肖老板熟悉的种兰花的朋友那儿，花二十万买了一盆兰花。

兰花被递到了欧阳晓手上。肖老板说，欧阳，区政府就要换届了，这兰花，你今晚赶紧给王书记送去。

端着兰花的欧阳晓手有些颤抖，他一脸不自信地问，书记不收咋办？

肖老板说，你别说这是名贵兰花，就说是你在山上找的普通的下山草兰花，沾有你们乡的地气，送给书记栽了玩。这王书记不懂兰花，你只要说是普通的下山草，他自然会收下的。

欧阳晓被肖老板说得越发糊涂了，他不可思议地摇头说，肖总，书记不懂兰花，咋还要给他送兰花？

肖老板高深莫测地笑了笑说，欧阳乡长，你哪来的那么多问题？你不是答应过我，照我吩咐去做吗？

第三十二章　当所有人成了对手

韩洪春讲到这儿，停顿了一下，被撩拨起好奇心的李民生迫不及待地追问道，书记收没收下这兰花？

韩洪春说，当然收了，否则哪来的匿名上访信？

韩洪春呷一口茶后继续他的故事。

从书记家出来的欧阳晓，既激动又兴奋。一切都像肖老板预先设计的那样。出了书记家大门，欧阳晓就给肖老板打电话说，肖总，你咋像诸葛神算一样呢？

但欧阳晓只听见肖老板嘿嘿两下得意的笑声。

三天后，肖老板叩开了王书记家庭院的大门，他装模作样向王书记汇报了他铅锌矿山的一些情况后，就对书记的庭院植物发生了兴趣。

他首先是盛赞书记庭院里那棵盛开的缅桂如何风姿绰约，夸得书记说你要是真喜欢，哪天就挖了去。但肖老板再想占便宜，也不敢占书记的便宜，就直挥手说，君子不夺人所爱。继而他又对书记家庭院旁的一个圆石发生了兴趣，说那圆石上的图案像一条龙，惹得书记对着圆石看半天，也没看出个龙样来。最后，肖老板把目光集中到了檐坎上那盆兰花上。

那正是欧阳晓送的那盆兰花。

这个时候，肖老板已经成了一个驾轻就熟的天才演员。

他首先是一声惊呼，继而是以一个夸张的跨步，身子就扑向了那盆兰花。在一阵装模作样的端详后，他转过身，对站在他身后百思不得其解的王书记说，书记，你在哪儿弄到的这么稀罕的兰花？

王书记笑道，稀罕啥？普通的下山草而已。前两天一个乡干部送的。

肖老板说，书记，我恭喜你了，这盆兰花相当名贵，定开奇花。

王书记依旧笑，说，肖老板，你开矿是内行，但相兰呀，跟我一样，外行！我已经说了，它就是普通的下山草。

肖老板就笑，说，书记，你这是装糊涂，最名贵的奇花，也是下山草培育出的。书记，这盆花我要了。

王书记开玩笑说，都说你们商人狡猾，今天我算领教了，先还说君子不夺人所爱，现在看上我的兰花了。喜欢就端去吧。

肖老板说，我岂敢就这样把它端了去？你书记大方，但我要真占了这么大的便宜，怕整个兰城人也会指了我脊梁骨骂。这样，我出四十万买它。

肖老板开出的价格，差点把王书记吓昏过去。

王书记摆摆手说，肖老板，你把我当三岁小孩哄呀？不行不行，四十元钱还差不多，我说过了，它就是普通的下山草。

肖老板开价说的四十万，说得响亮，连在屋子里慵懒地看电视的书记夫人也听见了。她赶忙起身来，小跑出客厅门。她听自己的丈夫把别人开价四十万的兰花说成四十元，就奔过去护着那兰花说，老头子，不是我说你，人家下边的干部送花给你，是留个念想，你倒好，三文不值两文地给了人，咋对得起下边干部那片苦心？

书记看着双手紧紧护着花盆的夫人，脸上有了不悦之色，他冲夫人摇摇手说，是啦是啦，肖老板，你别打这兰花的主意了。

但此时的肖老板不依不饶，硬是要定了那盆兰花。他说，书记，你嫌我出价低，可以讲价嘛。

他边说边扬起一个巴掌，晃了晃补充道，书记，五十万如何？

书记说，肖老板，你越来越离谱了，不值……

还没等书记把话说完，书记夫人就打断了书记的话说，老头子，看在肖总喜欢这盆花的分上，五十万就五十万吧。

书记说，你一个妇道人家，添什么乱，这花不值……

肖老板说，书记，嫂夫人可是同意五十万卖给我的，你别反悔哦。

书记没想到这肖老板爱这盆兰花竟痴迷到如此地步，就一跺脚说，肖老板，你怕是疯了，不值的，真的不值的。

书记说着就自顾回到客厅去了。

肖老板对书记夫人说，嫂夫人，君子一言，可不能反悔哦，我明天一早就带钱过来。

书记夫人点点头。

肖老板看了看书记夫人，又看了看兰花说，嫂夫人，我现在把它端走行吗？

书记夫人笑道，都说你们商人精明，今天我算见识了。你放心，我明天不会加你价的。好了，好了，你现在想端走就端走好了。

肖老板于是就唤来在院门外等待自己的司机，把兰花端上了车。

第二天，书记夫人收到了肖老板送来的五十万元现金。这贵为书记夫人的女人，平生还是第一次见到那么多的钱，她忙活了一个早上也没点清这五十万元钱，但却记住了一个名字。而在过去，这样的名字她是很难记住的，这个名字叫欧阳晓。

从那以后，书记夫人总是向书记唠叨，这欧阳晓乡长不错，是助人的那种干部，不是害人的那种干部。这唠叨久了，书记也就记住这个名字了。

区政府换届选举的时候，市委组织部长报来了候选人，王书记看了，就对市委组织部长建议，把欧阳晓增补为副区长的候选人。这欧阳晓不仅后来顺利当选，而且因为黑马的身份，一下子就成了兰城市的一颗政治新星。

在政治上寻觅到前途的欧阳晓，刚当上副区长时，对肖老板那真是感恩戴德，言听计从。但肖老板是不会白白浪费掉五十万元冤枉钱的，不，加上买来的那二十万，共七十万元。这笔钱一直被肖老板看作是一笔原始投资，所以，他要不择手段地榨取欧阳晓的油。而欧阳晓的油，就是他的权力。很多时候，肖老板都显得太心急了，几乎是到了步步紧逼的地步。在肖老板看来，这兰城区只能有一个矿老板，其余的要么乖乖地降服于他的麾下，要么落荒而逃。野心勃勃的肖老板，让欧阳晓明白，这个成就了自己的人，很有可能也就是葬送自己的人。明白这一点后他有了恐惧，为了逃脱这种恐惧，欧阳晓开始千方百计躲避肖老板，搪塞肖老板。这就引起了肖老板的不满。

心有块垒，经不住酒精烧。肖老板酩酊大醉后，就说出了欧阳晓青云直上的秘密。事实上，这根本就不是什么秘密，明眼人谁看不出来？只要一到换届选举，兰城市的兰花价格绝对节节攀升。

很多人都劝韩洪春，不要再查下去了，一些重要的领导背地里也提醒韩洪春赶紧刹车。有人甚至直言不讳说，韩局长，你纠缠下去，得罪的不是一两个人，而是一群人。

但韩洪春是别人劝不住的，他查下去了，查得让他惊心动魄，兰城市几乎百分之八十的干部，都跟这兰花有纠缠不清的关系。如果说王书记是上了肖老板的当，在不知情的情况下入了肖老板的套子的话，那么，一些官员那就是利用兰花在明目张胆洗钱。这清雅高洁的植物，成了肮脏丑恶遮羞的幌子。

在韩洪春一意孤行查案的时候，王书记已经成了下届省政府副省长的候选人。当韩洪春的调查材料摆在他的面前时，他惊呆了。他没有想到，一个兰城市会有如此多的干部在利用兰花洗钱，更没有想到自己竟被牵连其中。

经过痛苦思索的王书记,向省委请求,撤销他副省长候选人的资格,并迅速召开市委常委会,要狠刹这股兰花洗钱风。

但常委会开下来,出现了两个结果。

一是兰城市的兰花洗钱风得到了遏制;二是韩洪春失去了信访局长的位子,成了一名调研员。

第三十三章　不止你一人为难

在李民生看来，老局长韩洪春讲的故事，其良苦用心不过是告诫他而已，告诫他李民生不要再重蹈韩洪春的覆辙。所以，当韩洪春讲完了故事，李民生就问，韩老局长，你是要我引以为戒吗？但我实在弄不清楚，我该戒什么？

韩洪春断然摇了摇头，他的脸上甚至有了些不快。韩洪春起身，抖擞了一下说，民生，你错了，你不了解我老韩，我讲这么多，不是要你引以为戒，而是要提醒你，有些时候，这信访工作，看似针对某个具体的人，而事实上，站在你对面的却往往是一群人。而最可怕的，也就是这个。像我处理的兰花案就如是。

李民生心存感激地点了点头说，老局长，谢谢你。但你是知道的，作为一个信访局长，很多时候，就必须和这看不见的一群人战斗。老局长，过去都传言你是冒犯了老书记，断了老书记当副省长的前程。但现在我明白了，你是揭了整个兰城市一大群干部的痛处，他们害怕了你这信访局长，要把你从局长的位子上撵下来。他们做到了。他们显示了他们的无所不能。但是，他们没有想到，信访局又来了李民生。这群貌似强大的人，当他们看到他们对面依旧有一个人，哪怕仅仅就一个人，他们就会恐惧。他们就会像那王明礼，变得想发疯！

韩洪春看着把话说得掷地有声的李民生，目光变得温柔，原本不快的脸上浮起一丝钦佩。但他依旧忧心忡忡——

　　民生呵，你要去办云湖污染的案子，你的对面就不仅仅是一群人，也不仅仅是一个富可敌国的云湖集团，你的对面是一个政府。

　　政府？李民生有些蒙了，他问，老局长，此话怎讲？

　　韩洪春叹了一口气，苦笑一下说，民生，难道你不知道？这云湖之所以被污染，首先是政府决策出的错。深究下去，是政府盲目发展的后遗症。在上世纪八十年代末九十年代初，围绕要不要在云湖周围兴办工业，是发生过激烈争论的。但发展压倒了一切。兰城市委、市政府在狂热的发展观念下，拒绝了一些专家的金玉良言，硬是把化工厂的选址定在了云湖。

　　李民生不明白地问，老局长，为什么他们一定要把化工厂定址云湖呢？

　　韩洪春说，不定云湖，兰城市就搞不了化工。化工需要大量的水，在我们这缺水的兰城地方，除了云湖，就再也找不到不缺水的地方了。

　　李民生问，老局长，兰城市不搞化工不行吗？为什么当时的党政领导要一意孤行？

　　韩洪春眯了眼看了看李民生，样子像看一个不懂事的小学生。他说，领导们的回答肯定是不行。让他们一意孤行的，是化工可能带来的高额税收和利润，这意味着向来入不敷出的兰城市财政，会因为化工变得充裕富足，会因此丢掉自从解放以来就戴上的"吃饭财政"的帽子。这对任何领导都太有吸引力了。民生，你想想，这是多大的政绩！就是靠了化工，这十多年，从兰城走到省部级干部岗位上去的兰城干部，就不下五人。

　　李民生点了点头，算是明白了。但他依旧不明白，为什么这一切必须要云湖和云湖的百姓去承担代价。所以，他昂了头问韩洪春，老局长，这对云湖和云湖的百姓，公平吗？

韩洪春将手抬起，往上一举说，你叩问苍天吧！

这话说得太无奈了，李民生听出了其间的悲哀。作为新老两任信访局长，他们都想在自己的岗位上，真心实意为老百姓做些事，全心全意为政府分忧解难。但是，一个信访局长最大的悲哀是，他只能调查问题，摸清情况，却没有解决问题的职能。就像司机老刘对李民生说的那样，信访什么都管，又什么都管不了。

李民生向韩洪春告别，但韩洪春执意要留李民生吃晚饭，喝上两杯。李民生拗不过，就恭敬不如从命了。韩洪春就吩咐老伴去买点下酒菜，自己却起身来，往柜子里翻出两瓶茅台来。他把茅台得意地在李民生眼前晃了晃说，民生，你猜，这茅台是谁送我的？

李民生想了想说，韩老局长，肯定是过去那些老上访送的。

韩洪春摇摇头说，老上访都是些困难户，他们咋送得起我茅台？就是他们真送，我也断然不会收的。这是退了休的市委老书记王书记过年时托人送我的。

李民生说，老局长，王书记没当上副省长，还不是因为你查出了那个兰花案，他不恨你，已经很有胸襟了，送你茅台，就有些让人不可思议了。

韩洪春听了这话，就爽爽朗朗笑了。他说，民生，用俗人之心，度不了君子之腹。这王书记不恨我，他还对我说，他感激我，是我让他的晚年没陷进泥潭里，清清白白，上对得起苍天，下对得起百姓。

那天傍晚，在韩洪春家里，李民生和韩洪春畅畅快快地痛饮到深夜。李民生起身告辞的时，摇摇晃晃地站起来的韩洪春，像小学老师给小学生出题一样，问了李民生一个问题——

民生，我们信访干部对老百姓说得最多的一句话是什么？

李民生想了想说，要相信政府。

那你面对云湖周围的老百姓，又该说什么呢？韩洪春喷一口酒气问。

李民生搔了搔头皮，打了一个酒嗝，沉默了一阵后说，老局长,还是那句话,要相信政府。

韩洪春一指头戳在了李民生的额头,哈哈大笑两声说,黑色幽默,黑色幽默——

李民生也笑。

两个醉了酒的人,竟笑得满脸是泪了。

李民生一觉醒来,发现自己躺在自家的床上。卧室里还有一股酒气。昨晚跟韩洪春一起喝了太多的酒,现在仍有一分浅浅的醉意。但跟往常醉酒不一样,口不渴,头也不疼。名酒就是名酒,并非徒有虚名。有些局长是经常喝茅台的,而信访局长李民生,一年半载也难碰上一次。喝的机会少,才会喝出真味,喝出感慨来。

这家里,有妻子在,虽然有热饭吃,有干净衣服穿,但也有让男人忍无可忍的唠叨。现在真清静,没有妻子的家是安静也是安逸的,你赖在床上多晚,全凭你的喜欢。要是妻子耿莲在,自己这样早上十点也不起床,她肯定要骂,李民生,你是猪投胎的?现在还贪睡?早死三年,还不把你背脊上睡起青苔。

李民生甚至想,这耿莲要是就这样赖在岳父家,那该有多好。

这时,手机欢快地叫了起来。

电话里传来悦耳动听的女声。那女声软软地漫进李民生的耳蜗,有一种痒痒的舒服。

是宋子歌的声音。李局长,你伤好一些了吗?

宋子歌的话里有一份关切之意。

宋副主任,你咋知道我受了伤?李民生问。

宋子歌就笑,笑得像清脆的铃音。李局长,你真健忘,上次电话里你自己说的,被人揍得鼻青脸肿,不方便见人嘛。

李民生有些尴尬地说,谁说不方便见人啦?

宋子歌又笑,说,那李局长是可以见人啦?那我请你出去转转。

李民生说,云湖离兰城好远嘞。

宋子歌调笑说,难道就不允许云湖人常驻兰城?

第三十四章 不是怀疑，是好奇

宋子歌确实在兰城城区里，不一会儿，就驾了一辆丰田越野车等候在了李民生家楼下。一个开越野车且又面容姣好的女人，看上去就越发显得妩媚而生动。

李民生下楼来，见了倚在丰田越野车车头等他的宋子歌笑道，宋副主任，你选错工作了，你该去做汽车模特。

宋子歌就笑，说，李局长，哪有那么老的汽车模特？

李民生说，二十几岁的大姑娘，敢说自己老？

宋子歌就又笑，她拉开副驾驶的门说，李局长，请吧。

李民生犹豫了一下，拉开了车后座的门说，我坐后面吧。这前面显山露水的，怕车走不了两条街，流言就传遍兰城了。我这鼻青脸肿的，还不被人说成是信访局长被不明身份的美女挟持？

宋子歌说，不是美女，是女匪。李局长，没想到你还挺自恋嘞。

李民生有些摸不着头脑，他说，自恋？你说我自恋？跟你这样的美女在一起，我只有自卑。

宋子歌嘟了嘴说，车走两条街就能制造一条轰动兰城的绯闻，这样的人，该是何等的明星？

这话说得李民生脸臊了，他红着脸说，宋副主任，你拿我开涮？我这当信访局长的，这兰城街街巷巷的人，认得我的多。

宋子歌扑哧一笑说，你当真了？我不过跟你开个玩笑。李局长，今后别叫我宋副主任，叫小宋或者叫子歌都行。要不，听起来怪生分的。

李民生看了看车窗外说，宋副主任，我们这是去哪里？

宋子歌嘴嘟得更高了，她说，李局长，你真不长记性，又叫我宋副主任。

李民生忍不住也笑了说，你不也叫我李局长？

这下，宋子歌被难住了，她仰了头想想说，李……我今后就叫你老李。

李民生坐在后座上伸了伸腰说，我今后叫你小宋。

宋子歌突然转过身来说，不行！你今后要叫我子歌。

她边说边转回身，坐定后轰了油门。

车出小区的时候，宋子歌说，老李，今天，我请你去我们云湖乡村高尔夫挥两杆。

李民生说，小宋，我不会打高尔夫。

宋子歌直视着前方，用责备的语气说，又叫我小宋了，说了今后叫子歌的。不会打高尔夫，我教你还不行吗？

从上次率领工作组到云湖开始，李民生就在心中把宋子歌列入了神秘人物的名单中。一个二十多岁的副处级干部，后面肯定有让人瞠目结舌的背景。上次她出现，李民生一直认为她是来替云湖公安分局开脱的。至少，她也要替云湖经济开发区开脱责任。但她没有这样做，只是请了工作组一顿饭，游了一下龙潭公园，仅是尽了一点地主之谊而已。

后来她就主动消失了，消失得让当时的李民生都有点意外。但这几天她又出现了，主动给李民生打电话套近乎。李民生知道，这样的女人给他打电话，没有目的也另有隐情。但当时他拒绝了她的邀请，因为他知道，她不会把他当做她的客人，只会把他当做对手或者猎物。但拒绝后却后悔了，充满好奇心的李民生说什么也想了解一下这样一个年轻貌美举止优雅谈吐有分寸的女人。

不可否认的是，这样的女人，哪怕你认为她充满危险，甚至你怀疑她很可能是一种人体炸弹，你也会心甘情愿去接触她。

——这兴许就是魅力！

李民生坐在后排，看着熟练驾驶越野车的宋子歌，鼻子里弥漫了好闻的名牌香水味。那种香味是一种让人想入非非的气味，任何男人都得调动理智的力量去阻止它。为了不让自己陷入想入非非的窘境，李民生开始在车上主动找话说。

李民生说，小宋呀，这……

但他的话被宋子歌干净利落地打断了，宋子歌说，老李，我提醒你，叫子歌。

李民生笑了笑说，子歌，这高尔夫有什么好玩的？一个人拿一个瓢状的杆，打鸡蛋大个球，却缺乏对抗性，又没多少娱乐性，为何如此多达官显贵对它趋之若鹜？

宋子歌说，老李，我得提醒你，任何事，不了解，别轻易下结论。毛主席还说，你要知道梨子的滋味，你得亲口尝一尝。这话说得相当的好，我套用一下，老李，你要知道打高尔夫的滋味，你得亲自打打高尔夫。高尔夫没有对抗性，但它有挑战性，而且挑战的不仅是对手，还有自身。谁也不能够打出相同的两杆球，谁也不能准确预言自己一场球到底能打几杆。

这下李民生真正体会到了谈自己不了解的东西的风险了，他真的有些后悔对不熟悉的高尔夫评头论足，说长道短。他伸了伸腰说，子歌，不谈高尔夫了，高尔夫，我一无所知，一无所知。

李民生的话让宋子歌咯咯地笑了，她边笑边侧过头来，冲李民生莞尔一笑说，现在知道我的厉害了吧？

李民生只能回以一个傻笑。

在漂亮且又生动的女人面前，李民生不得不承认，再成熟的男人也几近于白痴！

李民生不再主动找话说，目光也移向窗外。但沉默是短暂的，因为宋子歌不想让李民生沉默。

李局长……不，老李，你为什么跟云湖过不去？

宋子歌的问话是尖锐的，是那种直截了当的尖锐。李民生听了这话，简直就把它当做了挑衅。但他没有马上回答，或者说是反击。他想，宋子歌一定会以为他会这么回答：我什么时候跟云湖过不去了？这种反问式的回答看似机智，但其实虚弱，有一种不敢直面问题的虚弱。

而李民生是不想在宋子歌面前表现任何虚弱的。

所以李民生这样回答，是云湖跟我过不去。这地方，污七八糟的事情太多！

宋子歌说，没想到你对云湖如此充满偏见，我要改变你的偏见。

她的话说得相当自信。

这下是李民生笑了，是那种略带讥讽和轻视的笑。他说，子歌，你会失望的，你改变不了我，因为我根本就没有偏见！

宋子歌依旧凝视前方，只是车速更快了些。她说，老李，你认为云湖污七八糟的事太多，就是偏见，云湖这些年的发展，是有目共睹的。

李民生叹了一口气说，可惜的是，我们只看到了云湖的发展，却忽视了发展给云湖带来的那些伤害。

宋子歌说，不，那不是伤害，那是发展必然要付出的代价。云湖人承担了这个代价，那是云湖人的光荣。

那是你这样的人感到了光荣！

李民生说这话时，突然间提高了声调，像是怒吼一样。

他的话吓得沉稳地开着车的宋子歌手颤抖了一下，快速行驶的汽车危险地画了个"之"字线。

我告诉你，更多的云湖人感到的是恐惧！

李民生声音小了些，但语气依然斩钉截铁。

宋子歌把车停到了公路边，她手摸胸膛，长出一口气说，老李,你咋啦?你这样冲我吼叫干吗?你才真让我恐惧。

宋子歌说完哀怨地回过头来,极尽委屈的样子楚楚动人。她睁着一双大眼睛看着李民生说,老李,你为什么对我充满了敌意?

李民生摇了摇头说,你多心了,子歌。我要真对你充满敌意,我会跟你在一辆车上?我会跟你去打什么高尔夫?

宋子歌说,你接受我的邀请,原本让我很开心,我看到了我们成为朋友的可能。但你一路上的表现告诉我,你依旧是那个信访局长,你甚至对我也充满了怀疑。

不,你说得不对,李民生摆了摆手说,不是怀疑,是好奇。

第三十五章　不欢而散

这是李民生平生第一次打高尔夫。过去连练习场都没打过的李民生，在宋子歌的引领下忐忑地下了场。两个为他们运球杆的球童被李民生的笨拙逗得窃窃私语，但他们马上就被宋子歌威严的目光制止了。

绿而柔软的球道，像是精美的毯子铺就的道路，蛇一样蜿蜒前伸。宋子歌耐心地教李民生握杆，挥杆，还时不时地做着示范。宋子歌的挥杆动作美妙绝伦，连在一旁打球的韩国人也驻足观望，以为是碰上了中国的电影明星。这让李民生更加不自在起来，觉得自己简直就是一个陪衬人，这让他的动作更加机械而笨拙。

但高尔夫球场上满眼的绿色和新鲜的空气还是让他体会到了一份惬意。他问宋子歌，打一场高尔夫需要多少钱？宋子歌告诉他，如果是会员，也就三四百元。这个数字吓了李民生一跳，他于是又问，如果不是会员该要多少？球童告诉他，一般在千元左右。

这下，李民生刚有的那么一点对高尔夫球的好感顿时荡然无存了，他恨不得马上扔了手中的球杆迅速离开。宋子歌以为李民生是因为无法掌握击球要领而大为恼火，就对李民生说，老李，别在意的，你就把它当成一次散步好了。

李民生扔下球杆说，我能不在意吗？富人们一掷千金，享受人生，而我们的百姓……

李民生过于激动了，激动得话没法往下说。宋子歌走近他，不可思议地摇摇头说，老李，你咋像个愤青呢？富人在这里一掷千金有啥不好？富人不把钱掷在这里，照样会挥霍在别处，难道你要让富人节约，让他们成为守财奴吝啬鬼？要真是这样，对于国家来说，才是灾难。老李，你是不是平日里连报都不看？现在报刊上讲，我们现在内需拉不动，就是因为富人们不消费。知道吗？百姓，百姓要日子好过，是富人们愿意把钱拿出来花掉。老李，我们旁边这两个球童，都是球场边桃源村的。你问问他们，没有高尔夫球场的时候，他们一个月挣多少钱，现在挣多少钱？老李，他们一个月的收入，不会比你这大局长低！

李民生就侧了身子问球童一个月挣多少钱，球童有些不好意思地说，少得可怜，一个月就三千多。

三千多还少得可怜？这让李民生大跌眼镜了。李民生说，把高尔夫球场建在这里，你们村里人高兴不高兴？

球童说，有人高兴，有人不高兴。

李民生说，能不能说得具体点？

球童说，年轻人高兴，老人不高兴。

李民生不解。

球童解释说，年轻人找得到活计，老年人找不着。

李民生说，据我所知，这村里人对建好的高尔夫球场，意见大着嘞，它污染了你们的水源。

一个球童说，水是不能喝了，要喝水，得去龙潭村拉。

宋副主任，你是云湖经济开发区的父母官，听到没有？李民生把注意力从球童转向宋子歌说，一个村庄，连赖以生存的水源都被污染了，不能喝了，这个村庄，人人腰缠万贯，又有何用？你说我像愤青，哎，我就算是愤青吧。面对这样的事实，我能不愤怒？

宋子歌听了李民生的话，笑了一下，但笑得很勉强。宋子歌走向那个安静地躺在草皮上的白色高尔夫球，倾身，并腿收腹，提臀，姿态优美地挥杆而起。但她击出的球在画出一道漂亮的抛物线后，极不完美地落到了小湖里。她沮丧地将球杆扔在了草地上，整个人一屁股坐了下来。

对不起，我让你心烦意乱了。李民生的道歉充满了真诚。

不，老李，我并没有什么要心烦意乱的。宋子歌拂了拂额头前被风弄得散乱的头发说，我只是越来越不明白，为什么发展不对，不发展也不对？老李，照你说的那样，我们应该倒退回古代去不是？

李民生说，子歌，你误会了我的意思，我并不是反对发展，而是希望一个地方能够科学发展，和谐发展。你没当过信访局长，所以你也不会明白，在一头百姓一头政府的这块跷跷板上，我们做信访的有多艰难，有多尴尬。我们这些信访干部是多么希望有那么一种发展，既是百姓拍手称快又是政府需要的，那样，我们信访局门前，就不会有那么多上访者。许多政府职能部门都希望搞得风风火火、热热闹闹，但我们信访局却巴望着哪一天能门可罗雀。如果真有那么一天，我这信访局长，宁愿跪在地上，向所有的干部、百姓叩一个响头。

宋子歌听了李民生的话站了起来，她凝视着李民生，目光专注地问，老李，你知道我为啥要单独邀请你吗？

李民生摇了摇头说，不知道。

宋子歌说，老李，我现在告诉你，你身上有一种东西吸引了我。你身上有一种理想主义的气质，对不对？

李民生不置可否地笑了笑说，我在一本书上看过这样的话，理想主义都是可怕的，没想在你这儿，理想主义者还变可爱了？

那是因为，谁都有理想。宋子歌说。

李民生微笑着看了宋子歌问，能告诉我你的理想吗？

宋子歌想了想说，我小时候的理想，就是能改变我家乡云湖的面貌。

李民生点了点头，接着又问，那你现在的理想呢？

宋子歌一脸苦笑地摇了摇头说，不瞒你说，今天的我，没有了理想。前两年，倒是有个梦想，但现在，连梦想也没有了。

李民生像一个充满好奇心的儿童似的问，你前两年那个梦想是什么，能告诉我吗？

宋子歌说，我那个梦想平常得很，就是嫁给心上人。

李民生想，这确实是一个平常的梦想，作为一个大姑娘，这样的梦想无可厚非。这样一个漂亮而生动的女人，怎么也会面临着这样一个不能实现梦想的难题？这样的窈窕淑女，男人们该是趋之若鹜才是呀！

李民生半是玩笑半认真地说，什么样的白马王子，粉碎了我们美丽公主的梦想？他凭什么要如此傲慢呢？

什么白马王子！宋子歌叹息一声说，一个结过婚的男子而已，很俗不可耐的故事，一个男人既割不掉旧情，又舍不了新欢。唉，老李，我咋给你说这些呀？

李民生说，子歌，既然你把我当了朋友，咋不可以说呢？一个已婚男人，还让你如此在意，这男人一定非同寻常，一定非等闲之辈。

宋子歌突然昂起头来问，老李，你想知道他是谁吗？

李民生说，如果是秘密，你不一定要告诉我。

宋子歌说，老李，这在云湖不是秘密。我把他告诉你，你心中的很多问号就会自然消失了。我主动接触你，一方面是你理想主义者的魅力，另一方面，也是因为他。因为在这之前，我一直认为，你是他的最大威胁，我甚至认为，我有责任和义务消除掉这种威胁。

李民生说，子歌，你这么说的话，我倒真想知道他是谁了。

宋子歌想了想说，算了，你不一定知道他。

李民生摆了摆手，笑道，说了半天，还是想保守秘密，你们女孩子家，就喜欢玩这样的把戏。

宋子歌听李民生的话中有一丝指责的意思，犹豫了一下，终于还是说出了他的名字。

他叫朱锐。

这个名字从宋子歌嘴里说出来，还是让李民生吃了一惊——

朱锐？

你认识朱锐？宋子歌有些惊讶地问。

李民生说，大名鼎鼎的云湖集团老总朱正富的二公子，没见过人，但听说过。

宋子歌说，看来你对云湖集团真是了如指掌，连这也知道。朱锐在任何场合都不愿别人当他的面提起他父亲。老李，我听人说，你正秘密地在收集云湖集团污染云湖的材料。我不知道你为什么要这么做。云湖集团这样的企业，对云湖开发区甚至整个兰城市的贡献有目共睹，它几乎就是我们市政府的顶梁柱，现在你要搬这根柱子，究竟出于何意？你知道吗？朱锐现在已经成了市委常委的候选人，在这样的节骨眼上，你弄出这么个陈芝麻烂谷子的事来，不是存心跟他过不去吗？

宋子歌的话越说越咄咄逼人，这让李民生心中很是反感。他皱紧眉头问，就是要跟他过不去又怎么样？难道把我也送进精神病院？

宋子歌大感不解地说，老李，没谁说你精神上有问题，你咋这么说话不着边际？

李民生摊摊手说，我不着边际了吗？宋副主任，谁跟朱氏家族过不去，谁就是疯子，谁就是精神病，这就是朱氏逻辑。

这下轮到宋子歌愤怒了。在她眼里，眼前的李民生简直就是一个酷吏，一个偏执狂。她说，李局长，你堂堂大局长，你得对自己说的话负责。朱氏家族不是你随意栽赃谩骂的。在云湖，朱家人的恩泽无处不在。你不是对我感到神秘吗？我现在告诉你，我有着怎样的经历。我是云湖边一个小渔村一个渔民家的孩子，盛传白猫精诱人自杀传说的时候，我打鱼的父亲也投了湖，抛下我们母女,去追随他的白猫精了。那时,我正读高中,失去家人和断了经济来源的双重打击,让我万念俱灰,决定中止学业,去省城做一名打工妹。在这个时候,是朱总朱正富伸出了援手,给我资助,让我上了高中,读了大学。大学毕业,我是有机会留在大城市的,但我还是选择了回云湖,带着报恩之心,想进云湖集团。但朱总拒绝了,他说,云湖集团不需要报恩。他让我到团委去工作,还为我到处托关系找人,我就这样进了团市委,成了一名团干部,后来又从一名团市委副书记变成了云湖开发区的副主任。我给你说这些,是想告诉你,我是云湖莘莘学子中被关怀的一分子。而像朱总这样,既有社会使命感又满怀爱心的人,被几个唯恐天下不乱的上访者一掺和,你们信访局就来劲了?就要蚍蜉撼大树了?

住嘴!

李民生冲宋子歌大喝一声。

李民生眯了眼睛,看着面前这貌若天仙的女人,不明白为什么所有的美丽都是空有其表。她的愚钝,她的无知,让李民生情绪冲动不已。

宋子歌,我告诉你,那所谓你敬爱的朱总,就是杀害你父亲的元凶!你说朱锐割不掉旧情,你知道为什么吗?我实话告诉你,你差他的前妻范敏,差了十万八千里!

李民生的话不是说出来的,而是吼出来的。他的话对于宋子歌,无疑是晴空霹雳。

李民生反剪了手,看都不看木桩一样立在高尔夫绿草如茵的球道上的宋子歌,迈开大步,自顾走了。

第三十六章 谁把人当了狗

李民生在高尔夫球场上拂袖而去,显得不近人情。但只有李民生自己清楚,处世练达的他为什么会一下子情绪失控。

因为李民生看到宋子歌,就想起范敏。

朱正富是希望兰城市人特别是云湖人都成为宋子歌的,都像宋子歌一样,对他感恩戴德,这样,那些人在精神上情感上都会跪着,而自己就可以趾高气扬站着。而范敏是要他跪着,跪在云湖边,向所有云湖受伤害的人谢罪。

所以在朱正富的世界里,范敏显然是疯子,而宋子歌才是听话的乖孩子。按着这个定义,自然就有了逻辑:范敏该去疯人院,宋子歌该仕途通达,甚至可以做朱家的替补媳妇。

——李民生这样一想,就相当生气,甚至是相当愤怒。

李民生就是在这样一种情绪支配下走出高尔夫球场的。从会所里出来后,李民生知道了自己的草率。这高尔夫球场远离城区,平时达官巨贾们都是驱车而来,鲜有坐出租来打高尔夫的。这里既不通公交车,又没出租车,李民生思来想去,决定步行到云湖城区,再坐班车回兰城去。

李民生沿公路走了一段,就改走小路。小路周围林草丰茂,空气清新,让他顿觉神清气爽,忍不住哼起了小曲。路旁还偶遇团簇野花，肆无忌惮地怒放。路途妩媚，轻易地诱惑了作为路人的李民生。几段小曲哼过，林中的李民生竟然迷失了方向。

李民生像迷途的羔羊，在林中乱走一气，出林后看见了一大片青纱帐。看见庄稼，李民生知道自己离庄户人家不远，于是就顺着灌溉庄稼的小溪走。紧走一阵，一个大大的村庄豁然出现在了李民生眼前，一切恍若梦境。

李民生眼前的村庄就是桃源村。

一看到村庄，李民生的血液就急速流动起来，疲惫也像长了翅膀，一飞老远。脚步轻快的他三步并两步不一会儿就来到了村口。

村里来了陌生人，最先知道的自然是看家狗。首先是一只狗狂吠，接着是众狗一阵乱叫，跟着鸡也打鸣。原来寂静的村庄，竟因为一个陌生人而喧嚣起来。狗的叫声让李民生的保护意识苏醒过来，他在路边的豆角地里胡乱拔了一截竹竿，无限警觉地往村里走。

但村子里只闻狗叫声，却不见人影子。庄户人家柴门紧闭，仿佛一个村子都是空的。事实上这个村子里此时也没几个人，除了下地干活薅草的妇女，男人们都赶马去附近的龙潭村驮水去了。村子里因为缺水，就变得既脏又乱，有一种恶毒的气息，让李民生的鼻孔不太舒服。他在村里的一棵枝繁叶茂的核桃树下坐了一会儿，便觉得嗓子眼一阵干涩，仿佛有烟要冒出来。口渴的他选择没有恶狗护院的人家，重重地敲响了柴门。

没想他敲的这个庄户人家的柴门却是虚掩着的，他这用力一敲，柴门就开了。一个遍地狼藉、破败不堪的院子出现在了李民生的眼前。

李民生一边喊着有人吗一边跨进院子，却没有得到回应。就在他以为这是一个遗弃的旧院落并准备退出时，他赫然看见在泥屋左边的李子树下，一个大约六十多岁的老头，像狗一样被大铁链拴着，正躺在树下酣睡，在他的周围，一群苍蝇在上下乱飞，老头一张沧桑密布的老脸直冲着李民生。李民生惊恐地发现，在老人紧闭的一双老眼周围，爬满了苍蝇。大概苍蝇们知道了李民生的闯入，纷纷飞开，李民生就看见了老人眼角密布的令他恶心的金黄的眼屎。

他转过身去，顿觉五脏六腑都翻滚起来，就自顾蹲在地上，一阵干呕。

干呕声惊扰了老头的梦，他醒了过来。醒过来的他把拴在他脚上的铁链弄得哗哗乱响。他看着陌生的闯入者李民生，一脸惊恐。

李民生解释，说自己是路人，进院没别的意思，只是想讨口水喝。

但老人不听李民生的解释，他嘴里发出了像夜风一样浑浊不清的声音。

李民生吃力地听了一句，终于明白了，这风一样此起彼伏的声音，事实上都在重复四个字——

我要上访！

李民生迎着老头走过去，在李子树下蹲下来，手抓了那根大铁链问，你要上访？你为啥要上访呢？

但老头根本不回答他，嘴里依旧是夜风一样的声音。

这时门外响起了驴叫声。一个满头白发的妇人赶了毛驴驮水进到院子里来了。她看见陌生的闯入者李民生，脸上写满了明显的不快。

李民生说明了来意。老妇从毛驴驮来的塑料水桶里舀了一瓢水，让李民生喝下，就下了逐客令。

但李民生显然没有离开的意思，他指着被铁链拴着的老头问老妇，为什么要用铁链给他拴着呢？

老妇说，他是个疯子。

李民生又问，为啥他一直喊我要上访，难道他有什么冤屈吗？

老妇说，你这人到底是口渴了，还是长了长舌头？你问我干啥？有本事你问老天去！

老妇的话里充满了对李民生多管闲事的不满，但李民生依旧不走。他说，老人家，你今天别想赶我走，除非你把他脚上的大铁链打开了。老人家，非法拘禁人可是犯罪的。

李民生这话一说，老妇的不满就变成愤怒了。她把舀起来正准备给老头喝的半瓢水向李民生泼了过去，并冲李民生一顿大喊大叫，讨厌的陌生人，你滚开！我拴一个疯子，犯什么王法？

被泼成落汤鸡模样的李民生也愤怒了，他也吼了起来，他即使是疯子，你把他像狗一样拴着，也是犯罪！

争吵声惊动了邻家刚驮水回来的麻脸大爷。他拴了毛驴就急匆匆地奔了过来，见李民生就说，瞅你像个干部，冯婆婆她太苦了，你别跟她一般见识。他边说边把李民生拽着出了门。

麻脸大爷看着一脸凝重的李民生说，你别生气了，到我家坐一下，我沏壶香茶给你消消气。

于是，李民生就跟着麻脸大爷进了麻脸大爷家。

麻脸大爷家院子不大，看上去显得有些破败，但却很整洁，各种物件都收拾得整齐，不像一般的农家小院，既零乱又肮脏。从大爷蹲在火塘边认真焙茶的神态上，李民生知道大爷是一个热爱生活的人。大爷焙茶的手艺，既娴熟又随意，既有心又无心，粗茶在土罐里不停地旋转，翻腾，发出一种轻微而悦耳的响声，接着，茶的香味在烘焙中弥漫开来。李民生感到自己的鼻孔里都塞满了让人愉快的茶香。

李民生看着忙活着焙茶的老人，打心里佩服说，大爷，你会过日子嘞。

麻脸大爷听了李民生的话，直摇头说，我这日子，是叫花子过年，穷高兴嘞。这人来这世上，不就图个高兴？但不瞒你说，有些人就以为，农民的日子不是日子，生活也不是生活。

麻脸大爷的抱怨让李民生不明就里，于是李民生就问，你说的有些人，是些什么人？

麻脸大爷往烤好的茶里注进一瓢水，茶罐里发出噗的一声响后顿时腾起一串白烟。

什么人？老板呗，有钱有势的人呗。麻脸大爷一边给李民生倒茶一边说。

麻脸大爷的烤茶浓重，既香又苦，但香得稳重，苦有回甘，滋味酽实而绵长。李民生说，大爷，你茶烤得好喝嘞。我们穷人，就是要把穷日子过得有滋有味，古人都讲安贫乐道，没必要去仇视富人和权贵嘛。

麻脸大爷端起茶碗说，你这同志我服嘞，大道理讲得好，我也明不了大概，要我不仇恨富人，可以！但条件是富人不要招惹我们穷人。你看这碗茶水，是好远的龙潭村驮来的，真叫来之不易。过去，我们桃源村虽说水没有龙潭村的多和好，但那山涧水也是有名的，泡出的茶那个地道味！但富人们一来，修什么高尔夫球场，就把我们好端端的山涧水，弄得人不敢喝，牲畜也不敢饮，连浇了庄稼，庄稼也不爱活。你说这富人，我该不该恨他们？

麻脸大爷的话把李民生问住了。李民生冲麻脸大爷尴尬地笑笑说，大爷，你别激动，喝茶，喝茶，喝茶。

麻脸大爷抹了抹嘴，重重地点点头说，喝茶。

李民生和麻脸大爷就这样坐在麻脸大爷家里，有滋有味地喝茶了。他俩边喝边聊，东拉西扯一阵后，李民生又把话题移到了邻家被拴着的那男人身上。

麻脸大爷感慨说，邻家这男人叫冯来胜，命太苦了！他小名叫狗儿，没想他这辈子会像狗一样，被拴在家里。他家被弄得家破人亡，还不是那些黑了心肠的富人害的！

李民生说，这也关富人的事？

麻脸大爷站起身来说，咋不关？都是富人逼的！我看你像个干部，你要真是干部，那我要说，像你这样跟咱老百姓打得了堆的干部不多了。我喜欢你，愿跟你多唠一阵。冯来胜这家子人，说起来让我心酸。

第三十七章　不是爱情故事

　　李民生听麻脸大爷讲了一个骇人听闻的故事——
　　那个在家里像狗一样被拴着的男人叫冯来胜，年轻时候患了类风湿症，成了病秧子，把一个好端端的家拖累得潦倒不堪。为给他看病买药，他媳妇几乎变卖了家里所有能变成钱的东西。十几年来硬是靠着东拼西凑和亲朋好友周济给熬了过来。
　　这冯来胜是个病秧子，养一个儿子却剽悍如牛。膀大腰圆的他打小从父亲得病起，就养成了吃苦耐劳的习惯。村里人家训孩子，总喜欢拿他做榜样——你看人家冯宝，多懂事，哪像你这逆子，好吃懒做。
　　贫寒出孝子，这冯宝打小就对他生病的爹好。上初中的时候，冯宝因为有一身过人的力气，被乡上的中学选拔去参加市里的中学生运动会。冯宝参加的是铅球比赛，他掷了个冠军。得了冠军的冯宝得到了一套李宁牌运动服的奖励，高兴得恨不得当场穿上，来个衣锦还乡。但这念头一闪就过去了，冯宝拿了奖品默默离开运动场。他穿上运动服在照相馆照了一张相，就把心爱的运动服卖了，硬是把卖衣服的钱拿到市中医院，给父亲冯来胜抓了一味专治类风湿的中药。
　　这事后来传到了父亲冯来胜的耳朵里。从来不翻儿子东西的他，硬是把儿子住的屋子翻了个遍，终于在儿子的枕下找到了那张穿着李宁牌运动服的照片。拿着那张照片，冯来胜在自家的院子里放声大哭。哭声唤来了邻居麻脸大爷，冯来胜举着照片冲麻脸大爷说，麻哥，我儿子穿运动服好帅！但你知道吗？因为我，他没了运动服。麻哥，我儿是想穿运动服的，他这照片是放在枕下的，他天天夜里都在看自己穿运动服的照片。

麻脸大爷就安慰他，说冯宝穿不穿运动服，都是一个帅小伙。

冯宝初中毕业，被市体校录取了。拿着录取通知书的冯宝，认真看了一阵后就把录取通知书撕了。那年他十六岁多一点，回到家的他，在家里帮母亲干了三个月的农活，就在同村一个青年的鼓动下上了山。那时，云湖集团属下的矿业公司刚在山上探出了一个煤矿，急需采煤工。膀大腰圆一身力气的冯宝，往矿山招工人员的面前一站，自然就轻松通过了。

冯宝成了一名采煤工，成天像一只穿山甲一样在深井里打洞挖煤。靠着他的吃苦和使不完的力气，冯宝一月能挣上千元钱。除了基本生活费外，其余的钱他都寄回了家，给父亲冯来胜看病抓药。

冯宝这个桃源村人的楷模和榜样，很是招人羡慕和效仿的。这人名声大了，爱慕者也就有了。桃源村一郑姓姑娘，心仪冯宝，就往矿山给冯宝写信，还寄照片。冯宝看姑娘照片，见人长得标致可人，就从矿山请了几天假，回村来跟姑娘订了亲。这时冯宝已经二十岁，订了亲的冯宝，把姑娘约到了村外的庄稼地里，借着月黑风高，用那只长满老茧的右手，在姑娘白白胖胖的胸脯上摸了一把。第二天冯宝就带着那只右手带给他的强烈快感和兴奋回了矿山。这时的冯宝有了更远大的志向，他想凭他的一身力气，不仅能挣够给父亲看病抓药的钱，还要挣够娶新媳妇必需的彩礼钱。

于是，他挥汗如雨，昼夜劳作，心中只有一个字，挖！这一年挖下来，他一年拿到的工钱，竟比两个工人的还多。

那年冬天，矿山上下了一场大雪。冯宝坐在山风呼啸的山坡上,盼望大雪融化,回家去娶自己心爱的姑娘。这时矿山的负责人找到他,要他继续下井,再干上半个月再回家。那段时间,煤炭的价格比春天破土的春笋蹿得还要快和高。他这样一个强劳动力,矿山自然不肯在此时轻易放他回家去。但那时的冯宝归家心切,娶新媳妇之心更切,执意要回去。矿山负责人见他去意已决,就说,冯宝,那你再下一次井。这么大的雪,路都封了,多干一天的活,你又可多挣几十块钱。

这话说动了冯宝。冯宝穿上矿工服下了井。下井前,他对矿山负责人说,你可得讲信誉,我最后一次下井。

矿山负责人说,狗日的才不讲信誉,最后一次也照开工钱。

没想到还真被冯宝言中了,这真的就成了冯宝人生的最后一次下井。那天他下井不到两个小时,矿洞里就传来了沉闷的响声。冯宝连同二十余位矿友,生生的被活埋在了矿井里。没有救援,也不可能救援。一条通向外界的简便运煤车道,早已被漫天风雪封堵……

冰雪消融后,矿山的负责人下了山,他们中的一个肩负着云湖集团的重托,来到桃源村,找到了冯宝的母亲,说了冯宝被矿山埋了的事。冯宝的母亲在巨大的悲恸后,同意了矿山一次性给予冯宝家里二十万元抚恤金,但不再追问冯宝下落的条件。

冯宝的母亲没把冯宝遇难的消息告诉冯来胜。一方面,冯宝的母亲害怕久病体弱的冯来胜经受不起痛失爱子的打击;另一方面,冯宝的母亲害怕性格倔强的冯来胜,不见儿子的尸体不罢休,让二十万元抚恤金长了翅膀。毕竟,一个农村妇女,一辈子也还是第一次见到那么多的钱。

冯宝的母亲就这样在承受巨大的精神伤痛和负担的情况下,悄悄地把二十万元抚恤金存入银行。冯宝的母亲想,如果今后冯来胜问起冯宝,就说冯宝去了远方,找到了更挣钱的工作。只要自己一年半载取过几千元钱出来给丈夫抓药,他不会怀疑的。

但冯宝的母亲忽略了另一个深爱冯宝的人,那就是村里那位郑姓人家的姑娘。这姑娘在经历了三个月的等候后，依然没有等到冯宝寄来的只言片语，就去找冯宝的母亲追问冯宝的下落。心里发虚的冯宝母亲，支支吾吾的表情让郑姓姑娘起了疑心，以为冯宝在矿山有了相好。这位性情刚烈的郑姓姑娘，觉得自己感情受到了欺骗，就自顾准备了干粮，去矿山上找冯宝。

郑姓姑娘在矿山上到处打听冯宝的下落，这让矿山上上下下的人都很惊恐，几乎所有的人都不敢面对郑姓姑娘的询问。聪慧敏锐的郑姓姑娘从那些闪躲的眼神里，知道了矿山的人回避她，其中肯定有文章。这更进一步加重了她的疑心。

一天傍晚，郑姓姑娘在矿井口堵住一个采矿工。郑姓姑娘这样问采矿工，冯宝是不是有了新相好，不要我了？

采矿工无言，眼睛看着西边山上的红霞。

郑姓姑娘对一脸煤灰的采矿工又说，你不回答我，点个头也行。你只要点个头，我就嫁给你！

她的话让那木桩一样的采矿工颤抖了一下，随即，郑姓姑娘的耳朵里就塞满了采矿工山风一样的哭声。采矿工边哭边捶胸顿足地道，冯宝，你狗日的死得美呀！哪天我要像你这样死了，还有漂亮姑娘找，我死也心甘了！

郑姓姑娘就这样打听到了冯宝的确切消息。这绝对的噩耗让她昏倒在地。但姑娘有一颗坚强的心，醒来后的她执意要找到自己心上人的尸骨。她的执着深受采矿工们同情，他们给她脸上涂上煤灰，冒充采矿工进到了冯宝出事的那口深井，但她却一无所获。

冯宝的尸骨去了哪里？这成了一个谜。有矿工猜想，说冯宝的尸骨八成是被运到城里火化了。但郑姓姑娘不相信，因为火化人是要手续的。于是，她依旧山山坳坳地找。

这郑姓姑娘在云湖集团朱正富董事长的眼睛里，是一个十足的半路杀出的程咬金。当他的大儿子把郑姓姑娘寻男友尸骨的消息报告他后，他授意任集团矿业公司总经理的大儿子，想办法摆平这个让他心烦意乱的郑姓姑娘。朱正富之所以畏惧一个感情执着的乡下姑娘，是因为他心里清楚，她会坏了他的大事。

冯宝生前打工的那座矿山，朱正富是请专家看过的。专家实地勘探后告诉朱正富，这座矿山不宜开采，山肚子里虽然有大量优质煤，但也有大量瓦斯，稍不留神，就会闹出人命。专家定了性，朱正富也就办不下开采证。但山肚子里的优质煤，让他心里直痒痒。利欲熏心的他决定冒险无证开采。

但专家的话不是玩笑，闹出人命岂是儿戏？二十余个矿工被瓦斯爆炸夺去生命，这个残酷的事实让朱正富那做总经理的大儿子魂飞魄散，一时间没了主张。当他求援于父亲时，朱正富却说出了如此丧失人性的话——

蠢驴，难道你就不能当你的矿上从来没有这二十几个人吗？

大儿子听了朱正富的话，像是听了一则天方夜谭的故事。他又小心地问父亲，说，爹，人家家里人找来咋办？

听了大儿子的话，朱正富鼻孔哼了一声，说，咋办？给钱呗！难道你没听说过有钱能使鬼推磨？鬼都因为钱乖乖听使唤，人能咋的？

领了父亲旨意的大儿子，从矿业公司的账户上调出四百多万元钱，就轻易地抹去了这二十余名矿工曾来过人间的事实。

第三十八章　寻找骨头

麻脸大爷讲到这里，没再往下讲。他叹了一口气说，同志，都怪这冯来胜命苦。这世间事日怪得很，一些好人总是没好命，很多坏人却洪福齐天。

李民生不想听麻脸大爷发感慨，他更关心后来的故事。他喝了一口极浓的烤茶后，催促麻脸大爷继续往下讲。

麻脸大爷说，没述好讲的，他那婆娘见钱眼开嘞。

这时一直在屋子里忙活的麻脸大爷的儿媳搭腔道，爹，你乱评论个啥？人家冯婶那哪是见钱眼开，你看冯叔那病恹恹的身子，要没钱，拿什么去塞药罐子？

这儿媳跟公公这样一理论，公公就没了言语，自个低了头把个水烟筒吸得咕咕响。看着烟雾缭绕的麻脸大爷，李民生继续催促说，老人家，那郑姓姑娘把冯来胜引到矿山上去了吗？

麻脸大爷把嘴从水烟筒上移开，一阵痛快的咳嗽过后，用手抹了抹嘴说，去啦，要不去人会像狗一样被铁链子拴了吗？

李民生被麻脸大爷的话弄得有些犯糊涂。李民生不明白，这去矿山跟像狗一样被铁链子拴之间存在着什么关系？在李民生看来，这肯定是风马牛不相及的。

老人家，你的话让我有些不明白。李民生看着麻脸大爷，毫不掩饰自己一脑子的糊涂。他摊手说，一个人难道因为去了矿山，就该像狗一样被铁链子拴起来？

麻脸大爷极肯定地点了点头。他这一点头，让李民生一脸惊骇。麻脸大爷看一眼满脸惊骇的李民生，再次肯定地点点头说，真是这样的。冯来胜就是因为去了矿山——你别冲我这样的表情，其实冯来胜去矿山的故事平淡无奇，平淡无奇得我连讲都不想讲。算啦，我还是继续讲吧。你这同志，真是个好奇心挺重的人。

麻脸大爷又低下头，极贪婪地吸了一阵水烟筒，水烟筒的响声过于欢快，让李民生有些心烦意乱。麻脸大爷吸足了烟，表情变得满足，他啐了一口痰，用手抹抹嘴，继续讲关于那个可怜人冯来胜的故事——

冯来胜跟着郑姓姑娘出了村，他要亲眼去看看儿子的尸骨。直到今天，我们桃源村的人，都不知道这个几乎丧失了行走能力的冯来胜，是怎样爬到那莽莽苍苍的大山上去的。有说是郑姓姑娘搀扶上去的，也有说是郑姓姑娘用一个板车推他上的矿山。对于这两种说法，我都将信将疑。郑姓姑娘能自己爬上矿山去已经令我打心里佩服了，还来搀扶一个几乎丧失了行走能力的病人，我是真的觉得难以想象；用板车拉确实是个办法，但那被运矿车碾得坑坑洼洼、寸步都是爬坡的公路，郑姓姑娘怎么能将冯来胜拉去？

但我再不相信，那冯来胜还是在郑姓姑娘陪同下上了山。这两个不可思议的男女，径直向那个藏了冯宝和同伴尸骨的山洞进发。但让冯来胜万分失望的事情发生了，那山洞里竟然空无一具尸骨。

我猜想那时冯来胜的心情，肯定像那些吊在悬崖上的冰凌，既冷冰冰又绝望透顶。他肯定怀疑过郑姓姑娘，指责她骗了他。我甚至能想象那时的冯来胜的咆哮和愤怒，一定像山垭口上那尖叫的风。

但他肯定也从郑姓姑娘那张无辜、委屈的脸上，知道是自己错怪了她。据人说，那天傍晚，这一老一少，一男一女，就在那山洞口的巨石上相向而坐，放声大哭，直把一轮太阳和满天红霞哭落在了西边山峦的背后。后来，听矿上下来的人讲，他们凄厉而绝望的哭声，竟唤来了一场纷纷扬扬的大雪。

大雪像裹尸布一样覆盖了矿山。在道路消失，一切归于白茫茫的大山上，郑姓姑娘搀着冯来胜，向那些龟缩在矿山工棚里一边烤煤炭火一边打着肮脏纸牌的矿工们打听冯宝尸骨的下落。他们的打探让那些矿工浑身发冷，像是又来了一场暴风雪。那些矿工认为冯来胜的到来充满了晦气，让自己未来的井下生活充满了不祥。所以，他们对待冯来胜的询问是那样粗暴和不耐烦，有的甚至对他充满了敌意。他们像赶一只闯入屋子的鸡狗一般，把冯来胜赶到工棚外，任他站在工棚外直哆嗦。

冯来胜和郑姓姑娘就这样在矿山上走了一天，经历了无数次近乎是一样的冷落和白眼。直到夜幕像生铁一样降落下来，备感饥饿的这两个男女，就着冰雪吞下了从家里带来的饭团。山上的夜风都长了刀子，生生地往冯来胜和郑姓姑娘身上戳。为了抵挡这有增无减、肆意妄为的夜风，郑姓姑娘决心将离自己不远的那辆卡车上的帆布篷布揭下来。

御寒的迫切心情，让郑姓姑娘矫健得像一只羚羊。她身手敏捷地跳上了卡车。当她吃力地掀起篷布，车厢内的一切让她大声惊叫起来。

车厢内是一厢零乱的尸骨！

无论是冯来胜或是郑姓姑娘，都固执地认为，这厢尸骨中有冯宝的尸骨。那天夜里，冯来胜和那个郑姓姑娘，像一公一母的两条狗，小心而警惕地守护着那辆卡车。在凌厉的寒风中，他们起先是哆嗦着，继而就像两个冰冷的石头纹丝不动了。寒夜是那么漫长，在冯来胜心里，这个夜比一辈子都长。

第二天一早，矿山上早起的人赫然看见，那辆卡车前，有两个雪人。过于寒冷的夜晚，使他们已经冻昏过去了。有四个好心的矿工，把冯来胜和郑姓姑娘抬进了工棚。矿工们费了许多工夫，他们才醒过来。

在他们醒过来的时候，他们嘴里吐出的是同一个字：车。

冯来胜和郑姓姑娘说的车，是那辆装了一厢尸骨的卡车。当矿工们搀扶着他们来到先前停车的地方，除了雪地上深深的车辙，什么也没有。

这一切对于冯来胜太残酷了，不求见儿子只求见儿子尸骨的他，面对深深的车辙啊地叫唤一声，就扑倒在了雪地上。

矿山变得越来越冷，而冯来胜却变得越来越热。持续的高烧一直烧了三天，最后终于退去。醒来后的冯来胜变成另一个人，缄默寡言的他变得口若悬河，但满嘴的胡话，谁也不明白是什么意思。直到后来，他像狗一样爬着，用石块去袭击那些运矿石的卡车，矿山才感到了问题的严重。

矿山上的人把冯来胜送回了桃源村，他们对冯来胜的妻子冯婶说，你再不阻止你丈夫来矿山胡闹，你今后休想领到抚恤金。

这句威胁的话还真起了作用，在冯来胜几次偷偷爬出家门去袭击农用车之后，无奈的冯婶就叫来亲戚，把冯来胜狗一样拴了起来。

麻脸大爷讲完了故事，就埋下头继续吸水烟筒。丝丝缕缕的烟雾从他鼻腔里喷出来，环绕在他那颗苍老的头上。他讲故事的语气是平静的，那是一种克制过的平静。但在李民生听来，还是不寒而栗。

李民生依旧盯着麻脸大爷，表情中依旧充满疑问。当麻脸大爷抬起头，目光与李民生目光相接时，他看出了李民生目光中的疑问。

麻脸大爷咳嗽了两声问，好奇的人，我已经给你讲了冯来胜的事，为何你还是一副追问的样子？

李民生说，大爷，你忘了一个人，那个郑姓姑娘呢？

麻脸大爷说，那郑姓姑娘留在了矿山上，一个矿工看上了她。

李民生说，大爷，她既然知道矿山上那么多事，矿上的人敢留她？

麻脸大爷听了这话，表情变得有些不快，他把水烟筒往身边一放说，她见钱眼开嘞！

李民生这下是真犯糊涂了，他摇摇头，有些不解地说，大爷，她跟钱何干？

麻脸大爷说，何干？当然有干系了，她收了矿上的封口费。

封口费？什么是封口费？这对李民生来说绝对是一个新名词。

麻脸大爷瞅一眼李民生说，好奇的人，不知道了吧？这世间稀奇事多，稀奇的词儿也多。封口费，顾名思义，就是矿上拿一笔钱给她，封住她的口。

李民生说，她不是说，她亲眼看到了尸骨？

麻脸大爷说，郑姓姑娘后来说，她撒了谎，没什么尸骨。

李民生问，她真撒了谎？

麻脸大爷说，她说撒了谎才是真撒谎。吃人的嘴软，她拿了矿上的钱，自然要按矿上人的意思说话。

李民生听到这里，突然就有了些遗憾。这个郑姓姑娘，曾经那么坚贞地对她的未婚夫冯宝一往情深。她几乎演绎了一个可歌可泣的爱情故事，但却在最后，有了一个如此糟糕的结尾。

矿上给了郑姓姑娘多少封口费？李民生问。

麻脸大爷伸出一个巴掌说，听人说给了这个数，五千。

第三十九章 这才是地狱

　　李民生决定去一趟矿山。

　　他出了村后，拦了一辆矿山上拉给养的车，给司机赔了笑脸，又送上了在村口小卖部买的一条红梅烟，强调说自己有个亲戚在矿上病得厉害。好说歹说一阵，司机动了恻隐之心，就点了点头。

　　驾驶室里零乱肮脏，李民生屁股刚在座位上坐定，司机就启动了汽车，差点把没关车门的李民生颠到车外去。惊魂未定的李民生还没来得及责备动作粗鲁的司机，反遭了司机的训，你没长手呀？难道车门也要我帮你关不成？

　　李民生只好像做错事的孩子一样，一边关车门，一边冲司机尴尬地赔笑脸。司机不知是这坑洼不平的山路跑惯了，还是成心跟这车辙密布的山路斗气，把一辆汽车开得横冲直撞，像是随时都有可能飞出去一般。

　　司机是一个脾气火爆修养极差的男人，他总是不停地一边开车，一边训斥那些背了箩筐或背篓从山上沿公路下来的路人。他嗓门粗暴地说，你找死呀，车都不会让！活得不耐烦了，去山上找朱老板挖瓦斯去！

　　李民生见司机火气越来越大，真生怕他一冲动朝那些不讲交规的山民直撞过去，就从口袋里掏出香烟，点燃了往司机嘴上送。李民生良好的服务让司机紧绷的脸逐渐松弛，反而有了温和的表情。

你的亲戚得了什么病？司机哑一口烟问。

李民生没想到司机会主动问他，而且说亲戚生病不过是个搭车的幌子，便一时语塞。见李民生这样，司机的表情由温和向怜悯过渡了。

你不知是什么病？八成是出了矿难。如果你上山去你亲戚还保住一条小命，就把他带回家去。那是什么矿山？简直就是埋人的坑。

李民生故作惊讶，装一脸恐慌对司机说，师傅，真有那么严重吗？

司机将烟屁股呸地一声吐出了车窗说，你不相信不是？实话给你说，我这车，昨天还拉了五具尸体去火化。

李民生这下一听是真的有些恐惧了。他对司机说，师傅，这矿山频出安全事故，安全部门还不叫停？

司机说，安全，谁安全？本来就是非法开采。再说，有钱能使鬼推磨，难道还不能让个安全睁只眼闭只眼？

李民生说，师傅，矿上既然有钱，咋不多在安全上做些投资？常言都说人命关天呀！

司机说，矿上的钱，是人家朱老板的钱。那朱老板开这矿，贪的就是份黑心钱。那矿里到处是瓦斯，原本不适合开采的，但人家朱老板财大气粗，说开就开了。他要心疼矿工的小命，就不会开这矿。说真的，我很同情矿井里那些弟兄，那真是在阎王爷碗里抢饭吃，凶险着嘞！

山上的景象触目心惊，工业的粗暴在此一览无遗。被破坏了植被的裸山，风肆意横行，在与岩石的摩擦中发出怪异的尖叫。有时风卷起的黄龙，壮观得让人心寒。东倒西歪的工棚，无助地矗立在半山腰，时有饥饿的瘦狗，发出一两声有气无力的叫声。

车最后在堆成山的煤场停了下来，李民生告别了司机，就在偌大的矿山上到处打听那个郑姓姑娘。

李民生这时才发现自己跟这粗砺的矿山是如此格格不入，他为自己的细皮嫩肉和衣冠楚楚羞愧不已。在这里，无论男人和女人，脸上的皮肤都被强烈的紫外线烧烤成焦糊状，蓬头垢面，这里有人路过时，那些蓬头垢面的男女都会发出一阵怪笑。

李民生在一座矿工的工棚里终于打听到了那位郑姓姑娘，她当时正在黑色的胶皮箩前搓洗一箩筐沾了黄泥的土豆。山上的水肯定充满了寒意，李民生是从姑娘红红胖胖的手指上看出来的。

李民生来找这位郑姓姑娘，让她很吃惊。她站在烟熏火燎的工棚里，眯着眼睛，像是在吃力地回忆什么。最后，她摇了摇头说，同志，我不认识你呀。

李民生也点了点头说，你肯定不认识我，我对你来说是个陌生人，但你对我却不是，我听过关于你的故事。

这话说得郑姓姑娘有些诧异，她把头摇得像一面拨浪鼓说，你这位同志，肯定是搞错了。我一个乡下女子，没什么故事。同志，你肯定是搞错了。

李民生一脸笑容说，姑娘，我没搞错，我听过你和冯宝的故事。

提到冯宝，郑姓姑娘像是被火灼了一样，但她很快恢复平静说，我和冯宝的事，早过去了。我现在是矿山那个叫刘三的人的老婆。

李民生说，姑娘，我很敬佩你，你为了爱情，在矿山上到处寻找冯宝尸骨的事，很让人感动。

郑姓姑娘低垂了头对李民生说，别提这事好吗？我已跟人保证了，绝口不提这事了。

听姑娘这样说，李民生单刀直入地问，你跟谁保证了？是不是给了你钱的人？

郑姓姑娘听李民生这样说，突然抬起头来，兴许是因为激动，她的脸红得像一个被霜冻过的柿子。

她说，拿矿上钱的人又不是我一个。那些戴眼镜，背相机，和你一样穿得讲究的人不都拿了矿上的钱？你为何不找他们，偏来找我？

李民生明白郑姓姑娘说的那些人是媒体的记者。他说，姑娘，我找你没别的意思，我只是想问问你，你在车上看到的那些尸骨到底有多少？

郑姓姑娘说，我拿了别人的钱，我不会告诉你的。再说了，就是找到那些尸骨，又有什么意义？人死不能复生。

郑姓姑娘说到这里，轻轻地叹了一口气。

李民生说，姑娘，你真的忘记冯宝了？

郑姓姑娘重重地点点头说，忘了。我现在成天担心的，是在矿井下的刘三。我每天都站在门口，看到了穿着长筒水靴，披着衣出现在对面小路上的刘三，我的心才放得下来。

李民生听了郑姓姑娘的话，有几分悲悯，有几分同情。在这山上，像她这样担惊受怕的女人，不会只有她一个。李民生说，姑娘，你要不担心你的丈夫，你该给我说实话，也就是把你亲眼见的那些尸骨如实告诉我。有了你的证言，我这个信访局长就能找市里领导，让他们封了这矿山，让你过去的男友的在天之灵能够安息；让你现在的丈夫，带着你下山去过一种男耕女织的田园生活。

听了李民生这番话，郑姓姑娘反倒恐惧起来了。她说，你这位同志，我知道你是好心。但我们不要你这好心。这矿山关不得，刘三还指望在矿山挣够回家修房的钱。你要我说什么？我告诉你，我根本没看到什么尸骨，我过去是说了谎。你做干部的，还是赶紧走，回你的城里去。我要知道你是干部，我就不会搭你的腔。你如果真的同情我，就赶紧离开，像风一样跑得远远的。要不，刘三回来会把我揍扁的。啊，你走吧，我求你了。

李民生几乎是被郑姓姑娘给推出去的。站在工棚外，李民生心里有许多悲哀像乱草一样生了出来。他一方面替郑姓姑娘悲哀，悲哀这个曾经为爱执着的女人，在残酷的生活面前，变得如此逆来顺受，听任命运的摆布；另一方面，他为自己悲哀，悲哀自己无法获得一个女人的信任。作为一个信访局长，李民生把为民请命当做自己的使命。但面前这个郑姓姑娘，却并不信任他能为她做主，能为她请命。这对李民生来说，是更让他无法接受的悲哀。

李民生黯然离去，在路上，他遇见了一个满脸是黑色煤灰的矿工，迎着自己走过来。他的身后是满天落霞。那情景看上去美丽而温馨。但在李民生看来，这一切都显得如此沉重。这个健壮的矿工，他的明天会怎样，是照样像今天这样，从落霞满天的背景里出来，哼着小曲呢，还是在瓦斯沉闷的爆炸声中，置身于永无休止的黑暗？

当那位矿工经过李民生身边时，他突然冲他问，你是刘三吗？

矿工有些莫名其妙，他愣了一下说，我不是刘三，我也不认识那个叫刘三的人。

第四十章　说吧，英灵

李民生回到兰城后，白天脑子里依然晃动着矿山的景象，夜晚却总做噩梦，那些噩梦里，都伴随着瓦斯爆炸后沉闷的响声。

被噩梦惊醒的李民生，一连几天都在床上保持着相同的姿势——靠着墙皱眉沉思。他想得最多的问题就是如何向市委、市政府汇报非法采煤的严重后果。有两个夜晚，他披衣下床，想奋笔疾书，向市委、市政府主要领导痛陈云湖集团矿业公司非法采煤犯下的滔天罪行。但每一次兴冲冲地提起的笔，在一番苦思冥想后又无奈地放下了。他心里清楚，要真的把这一切白纸黑字地写出来，自己必然要置身于风口浪尖之上。而这风浪，不知会将自己抛向哪里。

李民生当了这几年的信访局长，早把自己锤炼成了一个不怕事的人。但现在李民生却真的害怕了，害怕自己的举动给云湖甚至整个兰城市的发展带来不利的影响。他提起笔的时候，耳畔就会响起市长斥责的声音——我们兰城市的发展，云湖集团起着举足轻重的作用。李民生，你为何跟云湖集团过不去？你到底想干什么？

但当他放下笔，脑袋里就会出现另一个形象。意识清醒地告诉他，这个形象是冯宝。但他没有见过冯宝，不知道冯宝生前长一副什么面容。所以，这个形象就变得模糊，越模糊就越觉得冯宝像任何人。

按理讲，如果是冯宝家的人来上访反映云湖集团为了隐瞒事故，竟然瞒报和不报死伤名单，自己这个信访局长，就能堂而皇之地去找市委书记、市长反映问题。但冯家人没有上访，连那个郑姓姑娘也不再说出真相。李民生想，一方面生活的重压确实让他们见钱眼开，但更重要的另一方面，他们已不再相信上访能为他们鸣冤昭雪，还他们公道。

在过去李民生是那么巴望自己工作的信访局，最好没一个上访者，没一封上访信，而现在，他是多么期望，有一个勇敢的上访者，站出来揭露矿山草菅人命的现实。

内心深重的矛盾冲突，让他睡不着吃不香，整个脑子都处于恍兮惚兮的境地，有时眼前总出现幻觉。那幻觉如此恐怖——一群狰狞白骨，拦在他眼前，如窟窿的眼中长出问号形状的绿光。

很多时候，他真想冲那充满了疑问的白骨喊，你们到底想让我怎么样？我不过是一个信访局长，我没能力给你们任何答案。

失眠开始无休止地折磨他，每一个夜晚，李民生都度夜若年。每天清晨起床，李民生都感到自己的头颅正像氢气球那样在急剧膨胀，仿佛随时都有爆炸的危险。有一天早上他到信访局上班，遇到了赵副局长，赵副局长用吃惊的表情看着他说，李局，昨晚又被嫂夫人关门外了？你找个镜子看看，你都快变成熊猫了。

李民生无奈地笑笑，心里想，要真变成熊猫，那就好了，也就有人关注了。

他这样迷迷糊糊想着，嘴里连着打了两个呵欠上楼去。上楼的脚犹如灌了铅，重得每挪一步都备感吃力。艰难地走到局长办公室，在高靠背椅上坐定，他伸手抹了一下额头，竟抹下一把汗来。他凝视着汗津津的手指想，上天真要惩罚一个人，最好的办法就是让他寝食不安。

就在李民生想入非非的时候，他桌上的电话铃叮叮当当地响了起来。他伸出无力的手，把电话话筒抓过来，就听到电话里传来急促的问话——

你是信访局李民生局长吗？

我是李民生。你是谁？

电话里的人没回答自己是谁，他依旧语气急促地说，李局长，范敏死了。尸体从精神病院送到市人民医院去了。

那人说话的语气有些像电影里的地下工作者，说完就匆忙挂断了电话。急得李民生拿着话筒大声问，你是谁？你是何许人？

回答李民生的是电话挂断后的忙音。

范敏死了？范敏死了！有气无力的李民生突然来了精神，他腾地站起身来，冲屋外喊，老刘！老刘呢？快备车！

闻声而来的老刘急匆匆地出现在李民生办公室门口问，李局，又要去哪里？

李民生说，去精神病院。随即，又摆摆手说，去市人民医院。

老刘问，谁生病了？

李民生说，是范敏死了。

老刘点点头说，原来是精神病院那个女疯子死了。

她不是疯子！

李民生冲老刘咆哮道。

老刘不防备李民生会冲他发火，很是吓了一跳。老刘摊了一下手说，她明明疯了，不久前我跟你去的精神病院，那范敏确实疯了嘛。

李民生从桌上拿起手提包，边走边对紧跟在身后的老刘说，老刘，范敏生前比我们正常人，不知要清醒多少倍。

老刘开车送李民生来到市人民医院。李民生下车后就疾步赶往太平间。守医院太平间的那个老头告诉李民生，说尸体没有手续不能看。

老头的表情显得顽固透顶，李民生知道，费再多的口舌也进不了太平间，就只好转身，沮丧离去。望着李民生略显孤独的背影，守门人说，她的遗体告别仪式，三天后的早上午十点在油管桥殡仪馆举行。

三天后的清晨，李民生准时赶到了殡仪馆。跟往常参加遗体告别仪式吊唁人熙熙攘攘不同，今晨的殡仪馆显得冷冷清清，门可罗雀。老刘见这样子，就对李民生说，李局，我们是不是搞错了？

李民生摇摇头，对老刘说，没错，这才是范敏的吊唁仪式，她是单独的。老刘，你知道什么是单独的人吗？

老刘无语。

李民生突然回过头来，老刘发现，李民生的眼眶中满是泪水——

老刘，我告诉你什么是单独的人，那就是既没父母亲人，又没有朋友！

李民生的话语里有太多的伤悲。

走进灵堂，李民生和老刘都吃了一惊。空荡荡的大厅里，范敏安静地躺在玻璃罩的灵柩里。在灵柩的旁边，一个一袭黑西装的男子，默默低头站着。那样子既像是吊唁，又像是在忏悔。

李民生想，此人一定是朱锐了。

李民生从老刘手里接过一捧盛开的白菊，走到灵柩前，把它放在范敏的身旁。

你是谁？

朱锐询问的语气中充满了冰冷。

我是市信访局长李民生。

李民生回答得铿锵有力。

朱锐说，范敏生前与你无亲无故，我不希望陌生人来打扰她。

李民生从灵柩边站起身，目光如炬，直射朱锐。李民生说，我没猜错的话，你是朱锐。你无权这样跟我说话。我现在问你，你是范敏的什么人？

朱锐没想到一个信访局长居然会如此胡搅蛮缠，他理直气壮地说，嗯？什么人？我是范敏的丈夫。

准确地说，是前夫。李民生纠正道。

朱锐嘴角露出一丝讥讽说，前夫也是夫，也是她的亲人。

错了！李民生摇了摇头说，朱锐，别在一个逝者面前说假话，你不是她的亲人，不是！你和你父亲朱正富一样，都是杀死范敏的凶手！

李民生的话激怒了朱锐。朱锐像一只受伤的狮子一样咆哮起来——

李局长，你要对你的话负责，我保留追究你法律责任的权利！你空口无凭，竟然说我父亲和我是凶手。你随意颠倒黑白，血口喷人，哪还像一个共产党的干部。你简直就是一个疯子！

对，疯子！在你朱氏家族的人心里，凡是让你朱家不顺心的所有人，在你和你那财大气粗、独断专横的父亲眼里，都是疯子！范敏知道了云湖污染的真相，她便成了疯子。朱锐，我想问问你，范敏如不被送进精神病院，她会英年早逝吗？李民生厉声问道。

朱锐颤抖了一下。不寒而栗的他，额头上沁出了一层细细的冷汗。他一边掏手帕抹汗一边说，李局长，范敏是得了自闭症才送进精神病院的，接收她的精神病院有她病情的原始记录。你空口无凭，把范敏跟什么云湖污染扯到一块，完全是处心积虑的政治阴谋。

李民生说，朱锐，你不愧是文化人，这个词用得好！处心积虑。对，在掩盖云湖污染的真相上，你和你的父亲，那才叫处心积虑。要说到阴谋，在利益的驱动下，你们朱氏家族，整个就是一个阴谋集团。云湖被你们生产氯乙烯的水银污染了，你们就金蝉脱壳，三文不值两文地廉价卖给了浙商，转向矿产、房地产。你们知道，云湖水污染了，云湖岸边的龙潭就成了珍贵的水源地，于是又打起了龙潭公园的主意。开发项目是假，霸占水源才是真。这难道不是阴谋？对了，你刚才还说到了法律。朱家二公子喝过洋墨水，整个兰城人几乎都知道。喝过洋墨水的人都知道法律的至高无上，但我备感奇怪的是，你朱锐和你的家族为何就敢无视法律，非法开采瓦斯密集的煤矿？且在发生矿难后，还隐瞒不报。在你朱氏家族眼里，生命还不如儿戏！

李民生的话，让朱锐真的恼羞成怒了。他冲李民生吼道，姓李的，你给我滚出去！我警告你，跟我朱家作对，没你什么好下场！

李民生用手指了指灵柩里的范敏说，朱锐，别威胁我，大不了像她一样罢了。

李民生冲灵柩鞠了三个躬，转身而去。

第四十一章　信访局长要上访

李民生坐在办公桌前，翻看鲁馨予老人送来的那沓范敏写的上访材料。作为一个信访局长，他内心充满了内疚和愧意。这母女俩，而今已成逝者，公正对她们来说已没有意义，何况自己连一份迟到的公正都不能给予她们，这样一想，李民生深感自己的失职。一个念头从脑子里冒出来——他要辞职。

他铺开信纸，向市委、市政府写辞职信，历数自己工作的失职。从范敏的上访信，写到了龙潭村民的聚众上访再到矿山上的冤魂白骨。让他惊讶的是，凡是跟云湖集团有关的上访事件，要么不了了之，要么雷声大雨点小，没有一桩是顺顺利利有了结果的。作为一个信访局长，在面对云湖集团时，李民生知道了什么是胳膊拧不过大腿。

辞职信写了不到一半，赵副局长推门进来，说兰城东郊福乐办事处的失地农民群众上访把市政府围了个严严实实。

李民生问，是谁征了福乐办事处的地？

赵副局长告诉他,还有谁？云湖集团呗。

李民生意味深长地冲赵副局长点了点头，说，我知道了。

赵副局长说，你知道什么了？

李民生说，我知道云湖集团是只猛虎，它到哪里，哪里就受伤害。

赵副局长说，李局，谁不知道云湖集团比老虎还可怕？现在光知道不行，还得赶紧想办法，让那些上访群众撤了。

李民生挥挥手说，赵副，你去办吧，我累了。

他说完，从桌上拿起信纸，让赵副局长看。

辞职？李局，你疯啦？你要辞职？赵副局长的声音中充满惊讶。

李民生笑一下说，赵副，我不辞职，我真的就要疯了！

赵副局长似懂非懂地点了点头，说，那我走了，市政府那边我去处理。就退了出去。他站在走廊上大声唤司机老刘的声音，显得急促而又兴奋。

李民生摇摇头，笑了笑，他心里这么说，老赵，这局长可不好当哟。

老赵的激动让李民生浮想联翩。几年前，李民生接韩洪春班时，也是有那么一份同样的激动和兴奋。那倒不是副处变了正处，官升一级的兴奋，而是想干一番事业，展一幅宏图的男儿式的激动。但时至今日，自己的心境，和当年的韩洪春一样，充满了无奈。兴许，信访局长这个位子，就该是个无奈的位子吧。古时候一个官吏明察暗访，他还有办案权，而今这信访局长，不过是一个传声筒而已。

无奈也就罢了，但更多时候，总有些人和事，在拷问着自己的良心。那个范敏，她发现了真相，完全可以保持缄默。只要她保持缄默，她就会幸福、爱情一样也不缺。但她不能缄默，因为她有良知，良知催促着她，良知也逼迫着她，所以她无法缄默。而不缄默，她必须遭遇厄运与不幸。

李民生知道，在对待云湖集团的问题上，只要自己保持缄默，保持什么也看不见，他这信访局长，不仅能坐得踏实牢靠，说不准还有更广阔的前途可奔。但是，那些个漫漫长夜里，范敏、鲁馨予、龙潭村村民们、云湖岸边的渔民们，还有那个像狗一样被拴着的冯来胜，仿佛都在盯着他，且不停地拷问他的灵魂。

李民生知道辞职是一种逃避，是一种懦弱的表现，但也是自己唯一能选择的最好方式。市长过去没有说错，兰城市的发展，离不开云湖集团。没有云湖集团的兰城市，就像一座大厦，失去了赖以支撑的最重要的柱子。李民生知道，谁要扳倒这根柱子，事实上就是扳倒兰城，就是跟兰城的发展唱对台戏。而一个市信访局长，怎么可能充当一个市的对台戏的角儿呢？

难道是自己错了？不，事实告诉自己没有错，错的是那个像气球一样正日益膨胀的云湖集团。但云湖集团，却没有半点想认错的意思。

辞职信写得艰难，辞职的理由似乎连自己也说服不了，信里的许多措词，更像是在表达自己愤懑的情绪，显得幼稚而冲动。这时电话铃叮叮当当响了，李民生提起电话，话筒里是一个苍老而威严的声音，你是李民生局长吗？我想跟你谈谈。

李民生说，我是李民生。你是谁？

苍老而威严的声音说，我是朱正富。

李民生哦了一声，问道，你想谈什么？

朱正富依旧保持了那苍老而威严的声音，那种极慢的语速似乎是在告诉李民生，我老朱久经沙场早已从容不迫——

李局长，其实我们之间也没什么好谈的，我只想告诉你天到底有多高，地到底有多厚。别太冲动，也别太任性，冲动和任性多了，会吃大亏的。

话说到后面，朱正富明显加重了语气。李民生说，朱总，你在威胁我？

朱正富笑了一下，笑声显得有些混沌。朱正富说，你可以这么理解，但更多的是提醒。

李民生也笑了，是那种痛快淋漓的大笑。笑完后他说，朱总，谢谢你的提醒。

放下电话的李民生，突然间变得自信起来。他原来以为，这云湖集团，这朱正富朱老板何等强大，现在李民生终于看出来，原来不过如此。

如此地虚弱！

重新凝望桌上的辞职信，他有些羞愧。他把它抓起来，撕碎，抛向空中。纷纷扬扬的纸片，像一场不期而至的雪。

他重新铺开稿纸，这次，他不写辞职信，他要写一封上访信。是的，他要上访，亲自去找市委市政府主要领导上访，他要以一个上访者的身份，去揭露云湖集团这些年在兰城大地上犯下的滔天罪行。

他文思泉涌，下笔如有神。多少年来，他从来没有如此酣畅淋漓地写过如此痛快的文字。也许是兴奋得过了头，他甚至因此忘记了吃午饭。待他收笔，看一眼腕上手表，刚好是下午上班时间。

他大声唤司机老刘，但没有人应，才想起老刘一早开车送赵副局长去处理失地农民的群体上访去了。于是他把写好的上访信用信封装好，放进手提包，然后下楼打一出租，就直奔市委大院而去。

市委正在开常委会，李民生听到了陈书记讲话的声音。要在平时，他会自觉到常委办公室去，耐心地等待陈书记。但今天他却失去了这份耐心，急迫的他不合时宜地推开了会议室的大门。

常委们正在集中学习科学发展观，李民生推门而入，让所有常委都把目光集中到了他身上。

陈书记有些不高兴地说，这是常委在集中学习，你擅自推门而入，懂不懂规矩？

李民生并没有因为陈书记不悦的表情和问话而显露一丝胆怯。他异常镇定地从提包里拿出那封信，冲陈书记举了举说，书记，我要上访。

信访局长要上访，这让陈书记和所有的常委都愣住了，会议室里出现了短暂的沉默。

市长铁青了脸，啪地一巴掌拍在桌上——

李民生，你是装疯还是扯淡？这是常委会议室，是你要儿戏的地方？还不快给我滚出去！

李民生斩钉截铁地回应道，市长，上访是儿戏吗？我说了，我要上访！看见没有，这是我的上访信。

李民生像挥舞一面旗帜似的挥舞着他手上的信封。

坐在会议室里记录的秘书小高站起身来，走到李民生面前，想把李民生推出会议室去。

小高，别推李局长。陈书记制止道。

小高悻悻地重新回到座位上。陈书记冲李民生道，李民生，你既然写了上访信，就当着众常委的面，念吧。

李民生冲陈书记点了个头，清清嗓子，就抑扬顿挫念开了。

李民生越往下念，陈书记的眉头皱得越紧，两片剑眉，仿佛已经挤到了一起。市委宣传部长见书记一脸凝重，就示意李民生别再念了。这可惹怒了陈书记，他双目圆睁，直视着宣传部长说，谁让你让他别念的？我的宣传部长同志，现在不是你管理的地方。刚才学习科学发展观，你怎么说的？你说，学习科学发展观，不能就理论而理论，要结合现实生动地学。我看李局长揭示的云湖污染的问题，就很生动，生动得惊心动魄！云湖污染，我们市委、市政府是有责任的，我们吃了盲目发展的亏！有人告诉我，云湖集团对兰城市的贡献如何了得，但现在看来，这云湖集团对兰城市的破坏性也了不得！这云湖集团不仅与民争利，争资源，而且，非法开采矿山，发生矿难后还瞒报，擅自给当事人和记者封口费。如此胆大包天，我们还把它奉为楷模，尊为龙头。各位常委，如果李局长所言属实，那真是如雷贯耳，值得我们深思。我提议，这次市委学习科学发展观，就从李局长这封上访信学起。民生，念吧，继续念下去……

李民生这次没有冲陈书记点头，而是深深地鞠了一躬。他念，声情并茂地念，直念得泪水打湿了他有些粗糙的脸庞……

2008年11月11日零时30分完稿于昆明望佛斋